암캐

LA PERRA
by Pilar Quintana

This book has been supported by The Ministry of Culture of Colombia.
이 책은 콜롬비아 문화부의 지원을 받아 출간되었습니다.

암캐

La perra

필라르 킨타나
최이슬기 옮김

goat

"오늘 아침 저기서 발견했어. 뒤집어져 있는 걸." 도냐 엘로디아는 바다가 실어온, 아니 끄집어내 온 나무토막, 비닐봉지, 병이 모여드는 해변 어딘가를 가리켰다.

"독 먹고?"

"그런 것 같아."

"어쨌어요? 묻어줬어요?"

도냐 엘로디아는 고개를 끄덕였다.

"손주들이."

"저 위 묘지에?"

"아니. 그냥 여기 해변에."

마을의 많은 개들이 독살됐다. 작정하고 죽이는 거라고 말하는 사람들도 있긴 했지만, 다마리스는 그렇게까지 할 사람들이 있다고 차마 믿기 힘들어서 개들이 쥐약을 놓은 먹이를 먹었거나 약을 먹어 사냥하기 쉬워진 쥐를 잡아먹은 거라고 생각했다.

"안됐어요."

다마리스의 말에 도냐 엘로디아는 가만히 수긍했다. 개를 데리고 산 지도 오래되었다. 야외식당에 따라와 곁에 늘어져 있거나 교회, 며느리네 집, 가게, 부두 어디를 가든 그녀의 뒤를 졸졸 따라다니던 녀석이었다. 무척이나 슬플 텐데 도냐 엘로디아는 내색하지 않았다. 그저 컵에 든 우유를 주사기로 빨아들여 새끼 강아지 한 마리를 다 먹이고는 그 옆의 강아지를 잡아 들었다. 모두 열 마리였다. 어찌나 작은지 눈도 채 뜨지 못한 것들이.

"난 지 엿새인데……."

도냐 엘로디아가 이어 말했다.

"살아남지 못할 거야."

다마리스에게 기억이라는 것이 존재하는 순간부터 도냐 엘로디아는 이미 늙어 있었다. 눈을 확대하는 두꺼운 안경알을 끼고, 허리 아래로 육중하게 늘어진 몸으로 천천히 움직이는, 말수가 적은 사람이었다. 야외식당이 정신없이 바쁠 때, 주정뱅이들이랑 테이블 사이를 뛰어다니는 아이들이 설칠 때조차 그녀는 차분함을 유지했다. 그런데 지금은 지친 기색이 역력했다.

"강아지들 분양하는 게 어때요?"

"벌써 하나 보냈어. 근데 이렇게 어린 새끼들은 아무도 안 데려가려고 해."

비수기라 식당에는 테이블은커녕 음악이고 관광객이고 아무것도 없어 텅 빈 공간에는 벤치에 덩그러니 앉아 있는 도냐 엘로디아와 종이상자에 담긴 열 마리 새끼 강아지뿐이었다. 다마리스는 한 마리를 고를 때까지 강아지들을 유심히 바라보았다.

"요 녀석 데려가도 돼요?"

도냐 엘로디아는 방금 우유를 먹인 놈을 상자에 넣고는 다마리스가 가리킨 회색 털에 귀가 처진 강아지를 꺼내들고 뒤를 돌려보고는 말했다.

"얘는 암컷이네."

썰물 때의 해변은 광활하게 펼쳐져 모래라기보다는 진흙처럼 보이는 검은 공터가 된다. 밀물이 들면 해변엔 물이 들어차고 파도가 밀림에서 실어온 나무기둥, 가지, 씨앗, 갈잎이 인간이 만든 쓰레기들과 뒤섞인다. 다마리스는 건넛마을에 사는 이모네에 다녀오던 참이었다. 이모네 마을은 군공항을 지나, 육지로 들어가면 나오는 위쪽 동네로, 콘크리트로 지어진 호텔과 레스토랑이 들어선 모던한 지역이었다. 도냐 엘로디아가 새끼 강아지들과 있는 걸 보고 궁금해서 들었던 다마리스는 해변 너머 자기 집으로 돌아가는 중이었다. 다마리스는 마땅한 곳을 찾지 못하고 강아지를 가슴팍에 넣었다. 그녀는 손에 쏙 들어온 우유 냄새가 나는 강아지를 으스러지듯 껴안고 울고 싶은 격렬한 충동을 느꼈다.

다마리스가 사는 마을은 모래바닥에 집들이 다닥다닥 붙어 있는 길게 늘어진 길 하나가 다였다. 다 무너져가는 집들은 나무 말뚝 위에 지어져 바닥에서 떠 있었고 판자로 된 벽과 곰팡이로 거뭇한 천장이 다들 비슷한 모양새였다. 다마리스는 강아지를 보고 로헬리오가 어떻게 반응할지를 생각하니 조금 두려웠다. 로헬리오는 개를 싫어했다. 그저 잘 짖어서 집이나 지키라고 키울 뿐이었다. 데인저, 모스코*, 올리보. 로헬리오는 이렇게 세 마리를 키우는 중이었다.

제일 나이가 많은 데인저는 군인들이 관광객의 보트

* mosco. 파리라는 뜻.

나 수하물을 수색할 때 쓰는 래브라도와 비슷하게 생겼지만, 건넛마을 파시피코 레알 호텔에 살던 핏불테리어처럼 머리통이 크고 각진 녀석이었다. 데인저는 고인이 된 호수에가 기르던 암캐의 자식이었다. 호수에는 정말로 개를 좋아했다. 짖으라고 키우는 것은 마찬가지였지만, 호수에는 정을 주고 사냥에도 데리고 다닐 수 있게 훈련시켰다.

로헬리오는 호수에가 살아 있을 적에 그의 집에 갔던 날의 이야기를 자주 꺼냈다. 두 달도 채 되지 않은 강아지 한 마리가 한배 새끼들로부터 떨어져나와 로헬리오를 보고 짖어댔다. 로헬리오는 바로 그 녀석이야말로 자기에게 필요한 개라고 생각했다. 호수에가 선물한 그 개를 로헬리오는 위험이라는 뜻으로 데인저라고 불렀다. 데인저는 기대에 부응하여 샘이 많고 용맹한 개로 자랐다. 데인저 이야기를 할 때 로헬리오는 존경과 감탄을 느끼는 것 같다가도, 데인저를 대하는 모습을 보면 그저 엄포를 놓고 "훠이!" 소리를 지르거나 손을 치켜들어 그동안의 수많은 매질을 기억하게 할 뿐이었다.

모스코는 강아지 시절 고초를 겪은 티가 났다. 작고 마른 모스코는 바들바들 떨며 집 근처에 나타났고 데인저가 받아들여주자 같이 살기 시작했다. 도착할 때부터 있던 꼬리의 상처는 얼마 지나지 않아 감염되었다. 다마리스와 로헬리오가 알아차렸을 때는 이미 상처에 구더기가 들끓었고 다마리스는 그 상처에서 완전한 형태의 파리 하나가 날아오르는 것을 본 것 같았다.

"봤어?"

로헬리오는 아무것도 보지 못했고 다마리스의 설명을 듣자 폭소를 터뜨리며 드디어 저 동물의 이름을 찾았다고 말했다.

"자, 이제 가만히 있어라, 모스코 이 개새끼야."

로헬리오는 모스코의 꼬리 끝을 움켜잡고는, 마체테[†]를 치켜들어, 뭘 하려는 건지 다마리스가 미처 이해도 하기 전에, 단칼로 꼬리를 잘라냈다. 모스코는 울부짖으며 달려 나갔고 다마리스는 겁에 질려 로헬리오를 바라보았다. 구더기가 드글드글한 꼬리를 손에 든 채, 로헬리오는 어깨를 으쓱하며 감염을 막기 위해 한 일일 뿐이라고 말했지만, 다마리스는 그때 그가 틀림없이 즐기고 있었을 거라고 줄곧 확신했다.

가장 어린 올리보는 데인저와 이웃 여자들이 순종이라 말하는 초콜릿 래브라도 암캐 사이에서 난 자식이었다. 털이 더 길고 회색이긴 하지만 제 아비를 닮았다. 올리보는 셋 중 가장 경계심이 많았다. 셋 다 로헬리오 근처엔 얼씬도 하지 않았고 사람을 믿지 않았지만, 올리보는 누구에게도 다가가지 않았고 시야에 사람이 있으면 음식을 먹지도 않을 정도로 의심이 많았다. 그건 로헬리오가 개들이 먹고 있을 때를 기회 삼아 오로지 채찍질만을 위해 마련해둔 과두아[‡] 대나무줄기로 사정없이 후려치곤 했기 때문임을 다마리스는 알고 있었다. 개들이 손

† machete. 풀을 베기 위해 사용하는 칼날이 무거운 칼. 정글에서 길을 내기 위해 사용하기도 한다.
‡ guadua. 중남미에 서식하는 대나무과의 거대한 식물.

해를 입혀서, 혹은 별다른 이유 없이, 단지 개를 때리는 기쁨을 누리기 위해서 그러는 거였다. 더군다나 올리보는 비열한 녀석이었다. 짖지도 않고 뒤에서 덤벼들어 물곤 했으니까.

다마리스는 품에 안은 개에게 있어서는 모든 것이 달라지리라 되뇌었다. 개는 자신의 것이었고 다마리스는 로헬리오가 그런 짓들을 하도록 절대 내버려두지 않을 것이었다. 흘겨보는 것조차 용납하지 않을 터였다. 다마리스는 돈 하이메의 가게에 도착해서 개를 보여주었다.

"아이고, 이렇게 쪼그마한 놈이 다 있네."

돈 하이메가 말했다.

돈 하이메의 가게는 벽 하나에 진열대 하나가 전부였지만 어찌나 물건을 고루 갖춰놨던지 다마리스는 식료품부터 못이며 나사까지 거기서 다 구하곤 했다. 돈 하이메는 내륙지방 출신으로, 해군기지를 건설하던 시기에 아무것도 없이 흘러 들어와 마을에 살던 자기보다 더 가난한 흑인 여자를 만나 살림을 합쳤다. 주술을 써서 살 만해진 거라고 말하는 사람들도 있었지만 다마리스는 그가 선하고 부지런한 사람인 덕이라 여겼다.

그날 돈 하이메는 다마리스에게 그 주에 먹을 야채와 다음 날 아침에 먹을 빵, 분유 한 봉지와 개를 먹일 주사기 하나를 외상으로 주었다. 그리고 종이상자도 하나 선사했다.

로헬리오는 종일 화난 얼굴을 하고 있는 거대한 근육질의 몸을 가진 흑인 남자였다. 다마리스가 개를 데리고 집에 도착했을 때, 로헬리오는 제초기 모터를 닦느라 밖에 나와 있었다.

"개를 또?"

로헬리오는 인사도 없이 말했다.

"내가 챙겨줄 거라는 기대는 하지도 마."

"누가 무슨 부탁이나 했다고."

다마리스는 바로 오두막으로 향했다.

주사기는 소용이 없었다. 다마리스의 팔뚝은 힘은 좋았지만 움직임이 굼떴고, 손가락은 다마리스라는 사람의 다른 모든 것처럼 굵직했다. 다마리스가 힘을 줄 때마다 주사기 끝까지 피스톤이 눌려버려서 개 주둥아리로 마구 쏘아진 우유 줄기가 사방으로 흐르기 일쑤였다. 거기다 핥는 법을 모르니 대접에 우유를 담아줄 수도 없었고 마을에서 파는 젖병은 인간 아기를 위한 것들이라 너무 컸다. 돈 하이메가 권한 대로 점안기도 써봤지만 한 방울씩 먹여서는 어느 세월에 배가 찰까 싶었다. 다마리스는 결국 빵 한 조각을 우유에 적셔서 개가 빨도록 놔두었다. 그게 해결책이 되었다. 개는 빵을 통째로 삼켰다.

그들이 사는 오두막집은 해변이 아니라 도시 사는 백인들의 별장, 정원과 돌길과, 수영장이 딸린 크고 아름다운 별장들이 모여 있는 밀림의 절벽에 있었다. 마을에 가기 위해서는 길고 가파른 계단을 한참 내려가야 했는데, 비가 많은 지역이라 미끈거리지 않게 계단의 진흙을 자주 긁어내야 했다. 계단을 지나면 작은 만, 즉 마치 강처럼 넓고 물살이 센, 밀물과 썰물이 들고 나는 해협을 건너야 했다.

당시는 오전에 밀물이 들었으니, 개를 먹일 빵을 사려면 다마리스는 새벽같이 일어나 오두막에서부터 들쳐메고 나온 노를 어깨에 지고 계단을 내려가, 나루에서부터 카누를 밀어서 물에 집어넣고, 건너편에 닿을 때까지 노를 저어서, 카누를 야자나무에 묶어놓고, 강어귀에 사는 어부의 집까지 또 노를 들쳐메고 가서, 어부나 그의 아내나 아이들에게 카누를 좀 봐달라고 부탁하고, 이웃들 하소연이나 이야기도 좀 들어주고 나서, 돈 하이메의 가게까지 마을 절반을 걸어가야만 했던 것이었다……. 그리고 돌아오는 길도 마찬가지였다. 매일매일, 비가 오는 날도.

낮에는 개가 따뜻하라고 브래지어 속 부드럽고 넉넉한 가슴 사이에 넣어두었다. 밤에는 돈 하이메가 선물한 종이상자에 따뜻한 물 한 병과, 다마리스 냄새를 그리워할까 봐 그날 입은 티셔츠도 함께 넣어두었다.

그들이 살던 나무 오두막은 상태가 좋지 않았다. 태풍이라도 불면 천둥에 떨리고 바람에 흔들렸고, 천장의 갈라진 틈과 벽으로 세운 판자 사이로 물이 들어와 모든 게 얼어붙거나 축축해졌다. 그럴 때면 개가 낑낑대기 시작했다.

다마리스와 로헬리오는 오래전부터 잘 때 각방을 쓰고 있었다. 그리고 저런 밤이면 다마리스는 로헬리오가 행여 뭐라고 하거나 무슨 일이든 저지르기 전에 잽싸게 일어났다. 어둠 속에서 번쩍거리는 번개와 흉포한 바람 소리에 죽을 만큼 겁에 질린 개를 상자에서 꺼내 가만히 안고 쓰다듬었다. 바다의 모래 한 알보다 미미하고 미약한 존재라고 느끼면서 개가 낑낑거림을 멈출 때까지 그렇게 있었다.

물론 낮에도 개를 쓰다듬고는 했다. 오전 일과를 마치고 점심을 먹은 후에는 플라스틱 의자에 앉아 무릎에 개를 안고 텔레노벨라§를 보았다. 오두막에서 로헬리오는 개의 등을 쓸고 있는 다마리스의 손가락을 바라보며 아무것도 하지 않았고, 아무 말도 하지 않았다.

§ telenovela. 라틴아메리카 텔레비전에서 방영하는 연속극.

루스밀라는 집에 왔을 때 기어이 한마디를 했다. 다마리스가 개를 브래지어 안에 품고 있지도 않았고 가능한 한 오래 상자에 넣어두었는데도. 로헬리오와 다르게 루스밀라는 동물을 깔보긴 했지만 해코지하지는 않았다. 그저 뭐든 부정적으로 바라보고 다른 사람 비난하는 걸 좋아할 뿐이었다.

개는 종일 잤다. 그러다 개가 깨면 다마리스는 밥을 주고 볼일을 보도록 풀밭에 풀어주었다. 루스밀라가 머무는 동안 개는 두 번 깨어났고 두 번 다 다마리스는 밥을 주고 밤부터 아침까지 내내 내린 비로 흠뻑 젖은 풀밭에 내려놓았다. 루스밀라가 개를 마주치지 않길 바랐지만, 아니 아예 개가 있는지도 몰랐으면 싶었지만 개가 배를 곯거나 더러워지도록 둘 생각은 없었다. 하늘과 바다가 잿빛 얼룩으로 하나 되고 공기 중 습도는 어찌나 높은지 생선도 물 밖에서 계속 살 수 있을 정도의 날씨였다. 다마리스는 개의 다리를 수건으로 말려주고 몸이 데워지도록 조금이라도 쓰다듬어준 후 상자에 넣고 싶었지만 루스밀라가 흰 눈으로 보고 있었기 때문에 참았다.

"그거 그렇게 만져대다가 죽이겠어."

다마리스는 마음이 상했지만 잠자코 있었다. 싸울 것까지야 없었다. 그러자 루스밀라는 혐오스러워하는 표정으로 개의 이름을 물었고 다마리스는 마지못해 치를리라고 답해주었다. 루스밀라와 다마리스는 사촌지간으로 아기 때부터 줄곧 함께 자랐고 서로를 속속들이 알았다.

"미인대회 나온 그 치를리?"

루스밀라가 웃었다.

"딸 생기면 붙여주려던 이름 아니었어?"

다마리스는 자식을 가질 수 없었다. 로헬리오와 열여덟에 만나 2년 정도 지나자 사람들은 "아기는 언제?" 아니면 "뭘 꾸물거리는 거니?" 하고 말하기 시작했다. 둘은 피임이라고는 전혀 하고 있지 않았기 때문에 그때부터 다마리스는 산에서 나는 두 약초, 마리아와 에스피리투산토¶로 차를 달여 마시기 시작했다. 임신에 특효라고 했다. 둘이 마을에서 방 한 칸을 빌려 살던 때였다. 다마리스는 땅 주인들에게 허락을 구하지 않고 절벽에서 약초를 땄다. 약간은 부정직한 일을 하고 있다 느꼈지만 그건 오로지 자신이 감당할 뿐 다른 누구의 일도 아니라 여겼다. 로헬리오가 낚시나 사냥을 하러 나가면 다마리스는 약초를 달여 숨어서 마시곤 했다.

로헬리오는 다마리스가 뭔가를 꾸미고 있다고 의심하기 시작했고 짐승을 사냥하듯 눈치채지 못하게 다마리스 뒤를 밟았다. 약초를 보고 주술에 쓰려는 거라 믿은 로헬리오는 길을 막고 격분해서 소리쳤다.

"이딴 걸 뭐에 쓰려고? 대체 뭐 하고 돌아다니는 거야?"

가랑비가 내리고 있었다. 산중턱의, 송전선이 지나가도록 벌목한 아주 흉한 땅이었다. 나무 밑동이 묘지에 방치된 비석처럼 썩은 채로 남아 있었다. 로헬리오는 고무

¶ María, Espíritu Santo. 각각 성모와 성령이라는 뜻.

장화를 신었고 다마리스는 온통 진흙투성이의 맨발이었다. 다마리스는 고개를 숙이고 작은 목소리로 사실을 말했다. 로헬리오는 말없이 듣기만 했다.

"나 당신 남편이야."

마침내 로헬리오가 입을 뗐다.

"당신 혼자 해내야 하는 일 아니라고."

그때부터 그들은 함께 약초를 따고 탕약을 달였고 밤에는 자식들에게 무슨 이름을 지어줄지를 이야기했다. 끝까지 합의에 이르지 못했기 때문에 사내아이는 로헬리오가, 계집아이는 다마리스가 고르기로 정했다. 아이는 네 명 정도, 각 성별마다 둘씩이면 더할 나위 없이 좋을 것 같았다. 하지만 또 2년이 지났고 이제 물어보는 사람들에게 아이가 들어서지 않는 게 문제라고 설명해야만 했다. 사람들은 이제 그 이야기를 피하기 시작했고 힐마 숙모는 다마리스에게 산토스를 찾아가라고 권했다.

남자 이름이지만 산토스는 여자였다. 초코 주 출신의 흑인 여자와 바호 산후안 출신 원주민 남자 사이에서 태어난 산토스는 약초와 마사지를 잘 알았고, 말씀과 기도를 통한 비법을 써서 치료했다. 산토스는 다마리스에게 이것저것 다 시도했다가 이도저도 안 되자 남편에게 문제가 있는 게 분명하다며 남편을 부르라 시켰다. 불편한 기색이 역력했지만 로헬리오는 군말 없이 물약을 마시고 기도를 들었으며 산토스의 마사지를 견뎌냈다. 하지만 임신 소식 없이 시간이 흐르면 흐를수록 점점 내키지 않아 했고 어느 날 더는 가지 않겠다고 선언했다. 다마리스는 이를 자신에 대한 공격으로 받아들였고 그 뒤로는 남편과 말을 섞지 않았다.

둘은 따로 살지 않았고 여전히 같은 침대에서 잤지만 서로에게 말을 한마디도 건네지 않은 채로 석 달이 흘렀다. 어느 날 밤 반쯤 취해서 집에 돌아온 로헬리오는 자기도 자식을 원한다고, 그런데 산토스나 개같은 약초나 마사지, 기도 같은 온갖 것들을 견뎌내라는 압박이 싫은 거라 말했다. 그들이 살던 방은 아주 오래전에는 마을에서 제일가던 커다란 집에 있는 뒷방이었다. 지금은 흰개미가 우글거리고 녹이 슨 채 버려졌고, 그들의 방은 침대, 낡은 텔레비전과 2구짜리 가스레인지 하나가 겨우 들어갈 정도로 비좁았다. 다만 바다가 보이는 창이 하나 있었다.

다마리스는 녹 냄새가 나는 산들바람을 얼굴에 느끼며 창가에 잠시 앉아 있었다. 로헬리오가 옷을 다 벗고 잠자리에 들었을 때 다마리스는 창문을 닫고 침대에 들어가 로헬리오를 어루만지기 시작했다. 그날 밤 그들은 자식에 대해서도 다른 아무것에 대해서도 생각하지 않고 관계를 가졌고 그 주제에 관해서 다시는 말하지 않았다. 가끔 지인이 임신을 했다거나 마을에 새로 태어난 아기 소식을 들을 때면 다마리스는 로헬리오가 잠들기를 기다렸다가 눈을 꾹 감고 안간힘을 쓰며 침묵 속에서 울었다.

다마리스가 서른이 되었을 때 형편이 조금 피었고 둘은 같은 집의 조금 더 큰 방으로 옮길 수 있게 되었다. 다마리스는 절벽의 사유지 중 한 군데인 로사 부인네서 일을 해서 고정적인 임금을 받았고, 로헬리오는 몇 톤이 되는 생선을 싣고 수일을 운항하는, "바람과 조석"이라고 불리는 원양어선에서 일했다. 언젠가 한 번 출항했을 때 로헬리오는 동료와 함께 농어 세 마리와 산더미 같은 검정 통삼치, 제법 쏠쏠한 붉은 도미떼까지 발견했다. 1.5톤에 달하는 생선을 잡은 둘은 각각 상당한 양의 현금을 만졌다. 로헬리오는 걸그물 하나를 새로 사고 스피커가 네 개 달린 커다란 오디오를 들이고 싶어 했다. 하지만 다마리스는 아직 아기 갖는 것을 포기하지 않았다고, 어떤 희생을 감수하고서라도 다시 시도해보고 싶다고 로헬리오에게 말할 시점을 꽤 오래 전부터 노리고 있던 차였다.

힐마 숙모가 다마리스에게 해준 이야기가 있었다. 다마리스보다도 상당히 나이가 많은 서른여덟의 여자가 임신에 성공해 귀한 아기를 갖게 되었다는 것이었다. 그게 다 다른 동네에서 이름 높은 원주민 의사 하이바나** 덕분이었다고 했다. 진료를 받으려면 비용이 많이 들었지만 그동안 둘이 모아 온 돈 정도면 치료를 시작할 수 있었다. 그다음은 차차 생각할 일이었다. 로헬리오가 다음 날 오디오를 사러 부에나벤투라에 갈 거라고 말한 어느 밤, 다마리스는 울음을 터뜨리고 말았다.

"오디오는 필요 없어. 나는 아이를 원해."

다마리스는 울면서 로헬리오에게 이야기했다. 서른여덟 먹은 여자에 대해, 숨죽여 운 나날에 대해, 세상 사

** jaibaná. 콜롬비아 원주민들이 마술사, 무당, 주술사, 치유자 등의 역할을 하는 이를 일컫는 이름.

람들 다 아이를 가질 수 있는데 자신은 가지지 못하는 것이 얼마나 끔찍한지에 대해, 임신한 여자나 갓난아기나 아이를 데리고 있는 부부를 볼 때마다 그녀의 영혼이 얼마나 난도질당하는 느낌이었는지에 대해, 가슴에 품을 자그마한 존재를 갈망하며 살아가다 매달 어김없이 생리가 돌아오는 것이 얼마나 고문 같은지에 대해 이야기했다. 로헬리오는 한마디 말도 없이 이야기를 다 듣고 그녀를 껴안았다. 침대 위에서 둘은 온몸을 다해 서로를 안았고 그대로 잠이 들었다.

하이바나는 다마리스를 오랜 기간 진료했다. 물약을 주고, 목욕과 훈증을 준비하고 의식에 불러 성유를 바르고, 문지르고, 기도하고, 노래했다. 로헬리오에게도 똑같이 했는데, 이번에는 나쁜 태도를 보이지도, 포기하지도 않았다. 그것들은 다 준비에 불과했다. 진짜 치료의 핵심은 다마리스에게 하게 될 수술이었다. 몸에 칼 하나 대지 않은 채, 다마리스의 난자와 로헬리오의 정자가 지나갈 길을 깨끗이 하고 아이가 들어서도록 자궁을 준비시키는 작업이었다. 돈이 많이 들었기 때문에 그들은 그 비용을 마련하기 위해 1년을 꼬박 저축했다.

수술은 어느 밤에 하이바나의 치료소에서 행해졌다. 건넛마을 한참 너머에 위치한 치료소는 우뚝 솟은 말뚝 위에 지어놓은 초가지붕 오두막으로, 나무를 다 베어버린 황폐한 산중턱에 있었다. 헤헨[††]이 우글거리고 잡초, 팜파스 풀과 뾰족한 양치식물이 겹겹이 포개져 자라는 곳이었다. 다마리스와 로헬리오는 오두막 밖에서 헤어졌다.

다마리스와 하이바나 빼고는 그 누구도 거기 있어선 안 되었기 때문이다.

둘만 남게 되었을 때 하이바나는 다마리스에게 색이 짙은 쓴 액체를 마시게 하고 바닥에 있는 매트에 눕게 시켰다. 다마리스는 무릎까지 오는 레깅스에 반팔 블라우스를 입고 있었는데, 몸을 눕히자마자 구름처럼 몰려든 헤헨떼에게 공격을 당하게 되었다. 헤헨떼는 하이바나에게는 전혀 다가가지 않고 다마리스의 온 몸을, 귀와 두피까지, 옷 위로도 가리지 않고 모두 물어뜯었다. 그러다 갑자기 헤헨떼가 사라지고 멀리서 부엉이 울음소리가 들리기 시작했다. 부엉이 소리가 점점 가까워지며 다른 소리는 아무것도 들리지 않을 정도로 커졌을 때 다마리스는 잠에 빠져들었다.

다마리스는 다른 것은 아무것도 느끼지 않았고 다음 날 아침 여느 날과 다를 바 없는 등의 경미한 통증과 함께 입었던 옷 그대로 아무런 몸의 변화도 없이 깨어났다. 밖에서 기다리던 로헬리오는 다마리스를 데리고 집으로 돌아갔다.

생리는 늦어지지조차 않았다. 하이바나는 더 이상 그들에게 해줄 수 있는 게 없다고 말했다. 관계를 갖는 것이 의무가 되어버린 지 오래라, 어떻게 보면 안도감이 찾아왔다. 처음에는 그저 조금 쉬려고 관계를 멈췄고, 다

†† jején. 카리브 해변과 중남미에 서식하는 모기와 비슷하지만 훨씬 작은 날벌레. 물렸을 때 모기보다 더 가렵고 흉터도 크게 남는다.

마리스는 해방감을 느꼈지만, 하지만 동시에 여자로서의 수치와 자연의 폐기물이자 쓸모없는 패배자가 된 기분을 느꼈다.

그때는 이미 절벽에 살기 시작한 후였다. 오두막에는 작은 거실 하나와 좁은 방 두 개, 샤워 시설 없는 화장실과 개수대 없이 가스레인지 놓을 만한 자리가 있는 싱크대가 있었다. 하지만 다마리스와 로헬리오는 넓은 데다가 큰 개수대와 아궁이가 구비된 키오스코‡‡에서 요리하는 것을 더 좋아했다. 가스비도 절약할 수 있었으니까. 오두막은 어찌나 작은지 다마리스가 전체를 다 청소하는 데 두 시간도 채 걸리지 않았다. 하지만 그때 다마리스는 어마어마한 집착으로 일에 몰두해서 청소를 끝내는 데 꼬박 한 주가 걸렸다. 벽의 판자는 안팎으로, 바닥에 깐 판자는 위아래로 문질러 닦고, 칫솔로 판자 사이사이의 때를 빼고, 나무의 구멍이며 틈새는 못으로 파내며, 지붕의 슬레이트 안쪽은 스펀지로 닦았다. 지붕 청소를 완수하기 위해 그녀는 플라스틱 의자와 부엌 싱크대, 변기 물탱크 위에까지 기어 올라갔다. 도기로 되어 있던 변기 물탱크는 무게를 견디지 못하고 부서졌고 그들은 변기를 바꾸기 위해 저축해야만 했다.

두 달이 지나 로헬리오가 다마리스를 찾아왔을 때, 다마리스는 그를 거절했고, 다음 날 다시 거절했고, 로헬리오가 더는 시도하지 않게 되기까지 일주일 내내 거절했

‡‡ quiosco. 기둥에 지붕이 얹어진 형태로 사방이 뚫린 별채.

다. 다마리스는 기뻤다. 이제 더는 임신이 되리라는 가능성에 매달려 기대하지 않았고, 생리가 찾아오지 않기를 바라며 애태우다 매번 시작할 때마다 고통받지 않았다. 하지만 로헬리오는 억울함과 원망을 감추지 못하고 다마리스가 변기 물탱크를 부서뜨렸다고 비난하기 시작했다. 다마리스가 그릇이든 병이든 컵이든, 물건을 떨어뜨리거나 할 때마다(자주 일어나는 일이었다.) 비난하고 조롱했다. "빙충맞은 게." 라며 면박을 주곤 했다.

"넌 그릇이 나무에서 열리는 줄 알지."

"다음번엔 그냥 안 넘어가. 알아들었어?"

어느 날 밤, 로헬리오가 코를 골아 잘 수 없다는 핑계로 다마리스는 다른 방으로 옮겼고 다시는 돌아가지 않았다.

다마리스는 마흔을 목전에 두고 있었다. 엘리에세르 삼촌이 언젠가 말했던 것처럼, 여자들이 시들어가는 나이. 얼마 전 개를 입양했던 날, 다마리스에게 매직퍼머를 해주던 루스밀라는 약품을 머리에 바르며 어쩜 이렇게 피부가 주름 하나 없이 깨끗하냐며 감탄했다.

"아니, 근데 나를 보라고."

루스밀라는 설명하듯 덧붙였다.

"뭐, 물론 너는 애를 안 낳았으니까."

그날 루스밀라는 기분이 좋았고 그저 다마리스를 칭찬해주고 싶었을 뿐이지만. 다마리스는 루스밀라가, 아니 분명 세상 사람들 모두가 자신에게 가망이 없다고 생각한다는 것을 깨닫고 뼛속까지 고통이 스몄다. 다마리스도 아는 사실이었지만 받아들이기가 쉽지 않았다. 그래서 서른일곱에 딸 둘에 손녀까지 둘이나 가진 사촌의 말을 들으니 텔레노벨라에서처럼 눈에 눈물이 그렁그렁한 채로 감상적으로 굴고 싶은 마음이 들었다. 자기가 얼마나 나쁜 말을 한 건지 후회하도록. '그래. 개 이름 치를리라고 지었어. 가진 적 없는 내 딸한테 주려고 했던 이름.' 하지만 그녀는 감상적으로 굴기는커녕 아무 말도 하지 않았다. 개를 다시 상자에 넣었고 루스밀라에게 아버지는 좀 어떠시냐고 물어보았다. 남쪽에 사는 루스밀라의 아버지, 엘리에세르 삼촌은 근래 건강이 좋지 않았다.

다마리스는 가끔씩 마을에 내려갈 때 도냐 엘로디아의 집에 강아지들의 안부를 물으러 들르곤 했다. 도냐 엘로디아는 강아지 한 마리를 야외식당의 종이상자에 넣어두고 계속 주사기로 우유를 먹여 키우는 중이었다. 나머지 강아지들은 두 마을의 지인들에게 나누어주는 데 성공했지만, 강아지들은 하루하루 죽어나갔다. 한 마리는 새집의 대장인 개가 공격해서 그리되었는데, 나머지 일곱 마리는 어쩌다 죽었는지 알 수 없었다. 다마리스는 강아지들이 너무나 여린데 사람들이 어떻게 돌봐야 하는지를 몰랐던 거라고 스스로를 납득시키려 했지만 루스밀라의 말이 머릿속을 계속 맴돌았다.

"그거 그렇게 만져대다가 죽이겠어."

그리고 어쩌면 그녀 역시 모든 걸 잘못하고 있고 조만간 그녀의 개도 자기 남매들처럼 뻣뻣하게 굳은 채로 아침을 맞이하리라는 생각이 들었다.

첫 한 달이 지날 무렵, 열한 마리의 강아지 중 세 마리만이 남았다. 다마리스의 개, 도냐 엘로디아의 개, 건넛마을에서 수공예품을 팔아 먹고사는 예순 남짓 된 여자 히메나의 개까지. 다마리스는 그저 개가 죽지 않은 것이 놀라웠다. 잘 아는 사이는 아니었지만 사는 꼴이 말이 아니라는 것은 알고 있었다. 한 번은 고래 축제 기간에 몸을 가누지 못할 정도로 취한 모습을 본 적이 있었고 또 언젠가는, 일요일 아침에 건넛마을 해변으로 내려가는 계단에 토사물 자국이 묻은 옷을 입고 만취한 채 잠이 들어 늘어져 있는 걸 본 적도 있었다.

"이제 우리 개들은 살았어. 앞으로 죽게 되면 다른 것 때문이야."

도냐 엘로디아가 말했다. 다마리스는 처음에는 안도감을 느꼈고 그 후에는 루스밀라가 틀렸다는 만족감이 밀려들었다. 물론 대놓고 타박하지는 않을 생각이었다. 루스밀라는 다마리스가 무슨 말을 하든 공격당했다고 느끼고 모든 일에 발끈하는 편이었다. 얼마 전 눈을 뜨고는 밥을 찾아 돌아다니기도 하게 된 개의 존재가 다마리스가 옳다는 사실을 증명해줄 텐데 뭐 하러 분란을 일으키겠는가? 다마리스는 아직도 개를 브래지어 속에 넣고 다녔지만 개는 하루가 다르게 무거워져서 점점 바닥에 내려놓는 시간이 길어졌다.

개는 핥는 법과 그릇에 놓인 음식을 먹는 법, 다마리스가 해주는 생선 수프 먹는 법을 배웠고, 최근에는 다른 개들처럼 남은 음식을 먹는 법도 깨우쳤다. 그뿐만 아니라 다마리스는 개에게 오두막과 키오스코 밖에서 대소변을 보도록 가르치기도 했다. 다마리스가 요리를 하고 빨래를 개는 동안 개는 오전 시간을 키오스코에서 함께 지냈다.

그때까지 로헬리오는 개에게 집적거리지 않았었다. 하지만 개가 깨어 있는 시간이 점점 더 늘어나고 다마리스가 가는 곳이면 어디든 쫓아다니는 데다가 점프하면서 로헬리오 발을 공격하는가 하면 날카로운 이빨로 다른 개들을 자꾸 못살게 굴자 다마리스는 경계하기 시작했다. 만일 개한테 무슨 짓이든 하면, 혹시라도 감히 손을 올리는 시늉만 해도, 로헬리오를 죽이리라. 하지만 로헬리오는 오두막집에서 개를 내보낼 시간이 되었다고 말한 게 다였다. 사람이랑 같이 있는데 익숙해지지 않도록, 큰 집에 해를 끼치지 않도록.

엘리에세르 삼촌은 부지를 네 등분 해 팔려고 내놓은 1970년대까지 절벽의 소유주였다. 다마리스는 삼촌과 함께 자랐다. 엄마를 임신시킨 남자는 그 지역에서 복무하던 군인이었고, 임신 중이던 엄마를 버리고 떠났다. 엄마는 자기 딸을 부양하기 위해 부에나벤투라의 한 친척 집으로 일하러 가야만 했다. 엄마는 모이는 대로 돈을 보내오다가 성탄절, 부활절과 긴 주말 연휴 때만 가족과 함께 보내려 집에 오곤 했다. 다마리스는 엘리에세르 삼촌과 힐마 숙모 소유의 오두막집에서 자랐다. 지금은 로사 부인의 소유가 된 오두막집이 있던 그 땅은 삼촌과 숙모가 처음으로 판 땅이었다. 그 뒤로 아르메니아에서 온 기술자에게 인접한 땅을 팔았고 뒤쪽 땅은 레예스 가족에게 팔았다.

레예스 가족은 칼리 출신으로 보고타에서 살았던 루이스 알프레도, 진짜 보고타 사람인 그의 아내 엘비라와 아들 니콜라시토였다. 레예스 가족은 당시의 최신 유행 자재인 알루미늄판으로 된 커다란 집을 짓도록 주문했다. 수영장이 딸리고, 산코초§§나 구이, 파티를 위한 장작 아궁이가 구비된 널찍한 키오스코도 있는 집이었다. 다마리스네 가족은 레예스네 토지와 인접한, 아직 팔지 않고 있던 땅으로 이사했다. 레예스 가족이 휴가 때마다 내려왔던 터라, 니콜라시토와 다마리스는 친구가 되었다. 둘은

§§ sancocho. 중남미 전통음식으로 감자, 옥수수, 유카 등의 채소와 고기 등을 넣은 국물요리.

나이도 생일도 같았다. 그들의 생일은 생일로서는 끔찍한 날짜, 1월 1일이었다.

12월이었다. 마을에는 아직도 전기가 들어오지 않았고 셜리 사엔스가 미스 콜롬비아로 선출되었고 다마리스와 루스밀라는 엘비라 씨가 보고타에서 들여온 잡지 《크로모스》에 실린 셜리 사엔스를 보며 감탄하며 시간을 보내는 날이 이어졌다. 니콜라시토는 탐험가 행세를 곧잘 했는데, 다마리스는 가이드 노릇을 하며 절벽 주변을 함께 탐사하는 계획을 짰고 둘은 낮에도 손전등을 들고 쏘다녔다. 둘은 여덟 살 생일을 앞두고 있었다. 둘이 나갈 때면 대부분의 경우 루스밀라가 동행했지만, 그날은 다마리스와 니콜라시토가 원정에 앞장서지 못하게 하는 바람에 루스밀라가 격분했고, 뱀의 공격을 막으려고 들고 다니던 막대기를 바닥에 패대기치고 구시렁대며 집에 가 버렸다.

다마리스와 니콜라시토는 단둘이 목적지에 도착했다. 파도가 절벽을 날름거리는, 바위로 가득 찬 나지막한 터. 처음에는 잎사귀 조각을 지고 줄지어 나무를 타고 내려오는 가위개미를 조용히 바라보고 있었다. 머리와 등에 뾰족한 날이 달려 있는 가위개미는 붉고 단단하고 거대했다.

"꼭 갑옷을 입은 것 같아."

니콜라시토가 말했다.

그러고는 파도의 물보라에 몸을 적시고 싶다며 바위 쪽으로 향했다. 다마리스는 위험하다고, 거기는 바위가 미끄럽고 바다는 음흉한 곳이라며 말리려 했지만 그는 듣지 않았다. 니콜라시토는 바위 위에 멈춰 섰고 그 순간 솟구친 격렬한 파도가 그를 데려가버렸다.

그 이미지는 다마리스의 기억에 각인되었다. 바다에 마주선 키 큰 백인 소년, 하얗게 솟구친 파도, 그리고 아무것도 남지 않은, 저 멀리 고요해 보이는 녹색 바다 위의 텅 빈 바위. 그리고 다마리스가 거기, 가위개미와 함께 있었다. 어찌할 도리 없이.

다마리스는 어느 때보다도 빽빽하고 어두컴컴하게 느껴지는 밀림을 헤치고 혼자 돌아와야 했다. 위로는 나무 꼭대기들이 모여 덩어리져 있고 아래에는 뿌리가 엉켜 있었다. 바닥의 낙엽이 깔아놓은 카펫에 발이 파묻혔고 진흙에도 발이 푹푹 빠졌다. 다마리스는 귀에 들리는 숨소리가 제 것이 아니라 밀림의 소리이고, 개미와 식물로 가득 찬 녹색 바다에서 익사하고 있는 것은 니콜라시토가 아니라 자신이라고 느끼기 시작했다. 그녀는 도망가고 싶었다. 길을 잃고, 누구에게 아무것도 말하지 않고, 밀림이 자신을 집어삼키길 바랐다. 다마리스는 뛰기 시작했다. 발이 채이고, 넘어지고, 일어나고, 다시 뛰었다.

레예스네 사유지에 도착했을 때 다마리스는 오두막집에서 관리인들과 이야기하고 있던 힐마 숙모와 마주쳤다. 힐마 숙모는 다마리스의 이야기를 듣고 단 한마디 질책의 말도 없이 모든 일을 처리했다. 관리인들에게 카누를 타고 니콜라시토를 찾으러 나가봐달라 부탁했고 엘비라 씨에게 무슨 일이 있었는지 알리러 갔다. 루이스 알폰

소 씨는 외양에서 낚시를 하고 있었으니, 부인은 집에 혼자 있었다. 힐마 숙모는 집 안으로 들어갔고 다마리스는 발코니에서 기다렸다. 바람은 불지 않았다. 나뭇잎도 움직이지 않았고 들리는 건 바다소리뿐이었다. 다마리스는 시간이 늘어져서 거기 선 채로 어른이 되고 노인이 될 것만 같았다.

마침내 그들은 밖으로 나왔다. 엘비라 씨는 미친 사람 같았다. 소리를 지르고, 울고, 다마리스의 키에 맞춰 몸을 웅크리고, 일어나고, 발코니를 빙빙 돌다가, 손으로 때리다가, 이 질문 저 질문 하다가 똑같은 질문을 다른 말로 또 물었다. 뭘 물어봤는지도 기억나지 않지만, 다마리스는 잊을 수 없었다. 엘비라 씨의 얼굴을, 그녀의 괴로움과 두 눈, 안쪽 혈관이 터지고 흰자위가 붉게 충혈되었던 그 푸른 눈을.

그날 밤이 될 때까지 니콜라시토를 찾았고 매일을 쉬지 않고 계속 찾았다. 수색을 돕고 있던 엘리에세르 삼촌은 나쁜 소식이 도착한 오후마다 오두막 입구의 통나무에 앉아 있곤 했다. 다마리스는 그게 곁에 오라는 신호임을 알았다. 그녀는 망설임 없이 다가갔다. 이미 화난 삼촌을 더 화나게 만들고 싶지 않았으니까. 그러면 삼촌은 과야보 줄기를 하나 주워다가 다마리스에게 채찍질을 했다. 힐마 숙모는 힘을 주지 말라 일렀다. 삼촌이 항상 때리던 부위, 허벅지가 연할수록 덜 아플 것이라고. 다마리스는 노력했지만 첫 채찍질이 준 충격과 폭발음 때문에 모든 근육이 조여 들었고 한 대 맞을 때마다 이전보다 아팠다.

그녀의 허벅지는 그리스도의 등처럼 보였다. 첫 날은 한 대, 둘째 날은 두 대, 그렇게 니콜라시토가 나타나지 않는 하루하루 매질은 늘어났다.

엘리에세르 삼촌이 멈춘 것은 서른 네 번의 채찍질을 해야 했던 날이었다. 34일이 지났다. 시체를 돌려주기까지 바다가 지체했던 가장 긴 시간이었다. 시체는 소금과 태양의 작용으로 피부가 사라지고 몇몇 부위는 물고기들에게 뼈까지 파 먹혀, 가까이서 본 사람들 말에 따르면 끔찍한 상태였다.

힐마 숙모, 루스밀라와 다마리스는 그를 보러 절벽으로 갔다. 이제 더 작아진 시체, 한 아이의 작은 몸이 모래에 던져져 있었고, 너무나도 금발에, 너무나도 여윈, 너무나도 아름다운 엘비라 씨는 그를 안으려 바닥에서 조금 일으켜 마치 여전히 아름다운 아이에게 하듯 정신없이 입을 맞추었다. 힐마 숙모는 다마리스의 등을 토닥였고 다마리스는 비극의 날 이후 처음으로 더 참지 못하고 울음을 터뜨렸다.

레예스 가족은 절벽의 집으로 돌아오지 않았지만 팔려고 내놓지도 않았다. 엘리에세르 삼촌은 툴루아의 어떤 자매에게 마지막 남은 땅을 팔고 마을에 2층집을 지은 후, 그곳에서 자기 가족과 더는 부에나벤투라에서 일할 필요가 없어진 다마리스의 엄마까지 데리고 함께 살기 시작했다. 풍요로운 시절이었다. 삼촌이 초기 매매에서 얻은 수입으로 남쪽에 사둔 땅에는 첫 부인과의 사이에서 낳은 자식들이 가서 살았고, 함께 구입한 배 두 척은 낚시용으로 임대를 놓았다. 갑자기 부유한 남자가 된 그는 주말 내내 길을 막고 파티를 열곤 했다. 그렇게 돈이 새기 시작했다.

감당할 수 없는 지경으로 빚이 쌓이자 배 하나를 팔아서 갚아야했다. 이후로는 불운의 연속이었다. 다음 해 두 번째 배가 높은 파도에 침몰되었고, 몇 달 지나지 않아 12월 축제 기간에 빗나간 탄환이 다마리스 엄마의 가슴에 부상을 입혔다. 마을 보건소에서는 아무것도 해주지 못했고 보트에 태워 부에나벤투라에 급하게 데려갔지만 병원에 도착했을 때는 이미 숨을 거둔 후였다. 막 열다섯 살이 되려던 다마리스는 파티를 취소했다. 엄마와 파티를 준비하고 있던 다마리스는 루스밀라와 함께 쓰던 방에 틀어박혀 조용히 울고 싶을 뿐이었다. 루스밀라는 다라미스 옆 침대에 앉아 머리를 땋아주며 다마리스가 웃을 때까지 마을의 소문을 전해주었다.

마을 사람들은 안 좋은 일이 그렇게 연이어 일어나는 것은 정상이 아니고 시샘하는 자가 주술을 건 게 틀림없다고 수군거렸다. 근심에 찬 삼촌과 숙모는 산토스를 불러 집뿐 아니라 가족 모두를 정화했지만 상황은 나아지지 않았다.

난폭한 썰물이 집을 쓰러뜨렸고, 집을 재건할 돈이 없던 가족은 뿔뿔이 흩어졌다. 그 시기에 이미 로헬리오는 고장 난 어선 때문에 마을에 머물던 참이었다. 부에나벤투라에서 부속품들이 도착하는 대로 배를 수리하는 사이에, 로헬리오는 맥주를 마시며 마을의 여자들을 구경하는 데에 전념했다. 어느 일요일 해변에서 그는 다마리스를 만났고, 배가 다 고쳐졌을 때에는 직업을 버리고 마을에 방을 하나 빌렸다. 그리고 다마리스는 로헬리오와 함께 살기 시작했다. 엘리에세르 삼촌과 힐마 숙모는 갈라섰다. 삼촌은 큰 아이들과 남쪽으로 떠났고 숙모는 파시피코레알 호텔에 종업원 자리를 얻어 루스밀라와 함께 건넛마을로 이사했다.

시간이 흐르고 레예스 가족은 관리인들의 월급을 더 이상 올려주지 않았고, 세제, 비료, 왁스, 훈증제, 페인트, 락스, 오일, 제초기에 쓸 석유, 수영장 수처리 시설 등 소유지를 유지하기 위해 필요한 물품을 보내는 것도 중단했다. 그렇게 레예스네가 보고타에서 하던 가방 공장이 망했다는 사실이 알려졌다. 관리인들은 내륙지방 대농장에서 일을 구하게 되자 그만뒀고 호수에가 레예스 가족의 집을 돌보겠다고 나섰다. 마을에 도착한 지 얼마 되지 않았고 아내도 자식도 없던 그는 잃을 게 없었다. 호수에는 최저임금의 절반에 못 미치는 돈을 받았지만 따로 낚시와 사냥을 해서 부족한 걸 메꿨다. 레예스 가족이 더 이상은 돈을 한 푼도 보내지 않았을 때 갈 곳 없던 호수에는 그 집에 남았다. 얼마 후 호수에는 총기 사고로 죽었는데 아무래도 엽총으로 사냥하다 일어난 일 같았다.

엘리에세르 삼촌은 남쪽에 있었고, 힐마 숙모는 뇌출혈을 앓은 터라 숙모가 하는 말을 알아듣기란 쉽지 않았고, 남편이 생긴 루스밀라는 부에나벤투라에서 둘째 딸을 갓 출산했다. 다마리스를 빼고는 호수에의 죽음을 레예스 가족에게 알릴 정도로 가까운 관계였던 사람은 마을에 남아 있지 않았다.

당시에는 아직 휴대전화가 그들이 살던 지역에 들어오지 않았었다. 텔레콤 사무실은 두 마을 사이에 있었고 벽돌로 지어진 몇 안 되는 건물 중 하나였다. 창문이 하나밖에 없어서 더운 날이면 건물 안은 더 더웠고, 선선한 날에는 안에 있으면 더 서늘했다. 다마리스는 보고타는커녕 칼리조차 가본 적이 없었다. 그녀가 아는 유일한 도시는 배로 한 시간 거리에, 큰 건물이라고는 없는 부에나벤투라가 전부였다. 그녀는 산에서 느끼는 추위도 경험한 적이 없었지만 텔레비전에서 보고 사람들에게도 들은 바로 보고타는 일주일 내내 비가 내린 이후의 텔레콤 사무실이랑 비슷할 것이라 생각했다. 어둡고 소리가 울리며 동굴처럼 습한 냄새가 나는 공간.

레예스 가족에게 전화했던 날은 해는 떴지만 구름이 많은 날이었고 마을에서는 산코초 냄비 속같이 푹푹 찌는 더위가 기승을 부리고 있었다. 다마리스는 손에 땀이 나서 쥐고 있던 쪽지가 녹아 없어질 지경이었다. 고인이 된 호수에의 공책에서 찾아낸 전화번호를 적어둔 쪽지였다. 공중전화 부스에 들어가 번호를 누른 후 연결음이 들리기까지 지나치게 긴 1초를 견뎌야 했고, 신호음을 들으며 다마리스는 그 소음 건너에 자기 과거의 매우 추한 부분과 괴물같이 거대해서 상상할 수 없는 도시가 있다는 것을 생각했다. 끊으려는 찰나 한 남자가 전화를 받았다.

"루이스 알프레도 선생님?"

"네."

다마리스는 도망치고 싶었다.

"저는 다마리스입니다."

루이스 알프레도 씨가 그녀의 이름을 들은 후에 끔찍한 적막이 흘렀고 다마리스는 33일간 매일 오후 삼촌의 채찍질을 받았을 때처럼 체념한 채 그 침묵을 받아들였다. 레예스 가족에게 다마리스는 검은 새였다. 불길한 징조의 검은 새. 그리고 다마리스는 겨우, 힘을 내서, 초조하게 무슨 일이 있었는지를 이야기했다. 이틀 전 절벽에서 엽총 쏘는 소리가 들렸노라고. 그녀의 남편과 마을의 다른 남자들이 호수에를 찾으러 올라갔지만 오두막이나 길에서 그를 찾지 못했다고. 다음 날 절벽에 콘도르들이 와 있었고 덕분에 시체가 있는 장소를 알게 되었다고.

"자살했군요."

루이스 알프레도 씨가 흠칫 놀라 대답했다.

"아뇨, 그건 아닐 거예요. 지난주에 저랑 이야기했었고 상태가 안 좋다거나 슬퍼 보이는 기색이 전혀 없었어요."

"그렇군요."

"장화가 필요하다고, 장화 사러 부에나벤투라에 간다고까지 했는걸요."

"그래요."

"그리고 제 남편이 그러는데 어쩌면 넘어지는 바람에 총이 발사된 걸지도 모른다고요. 산에서 시신이 굉장히 이상한 자세로 있었거든요."

"남편?"

"네, 선생님."

"이제 서른셋이겠네. 맞지?"

또 한 번의 끔찍한 적막이 지나고 다마리스는 사죄라도 하듯 대답했다.

"네, 선생님."

루이스 알프레도 씨는 한숨을 쉬었다. 그 뒤 관리인의 불운을 애도했고, 전화해준 다마리스에게 고마움을 표한 뒤 혹시 집을 관리해줄 수 있냐고 물었다.

"우리에게 그곳이 얼마나 중요한지 잘 알 거야."

"네, 선생님."

"월급이랑 물품은 곧 보낼게."

다마리스는 그럴 리 없다는 걸 알았지만 믿는 시늉을 하며 모든 말에 네 하고 대답했다. 레예스 가족에게 빚이 있다고 느꼈을 뿐 아니라 언제나 자신의 집이라 여기던 절벽에 다시 살게 되었다는 생각에 벅차올랐기 때문이기도 했다.

로헬리오를 설득하는 것은 어렵지 않았다. 절벽으로

가면 임대료를 낼 필요가 없었고 관리인용 오두막이 대단한 건 아니라도 마을에서 살던 방보다는 컸고, 또 둘이 손볼 수도 있었다. 먹고살기 위해서는 지금까지처럼 계속 일해야 할 것이었다. 로헬리오는 산에서 사냥하고 바람과 조석 원양어선에서 일하고, 다마리스는 남편 헤네 씨가 휠체어 신세를 지게 되어 그 어느 때보다 다마리스를 필요로 하는 로사 부인의 집에서 일하며.

그들이 유일하게 싫어했던 것은 레예스 가족의 소유지에 전기가 들어오지 않는다는 사실이었다. 하지만 마주 보고 있는 로사 부인네에는 전기가 들어왔고 로사 부인은 자기 집에 공급되는 전기 변압기의 선을 끌어 쓸 수 있도록 허락해주었다. 그렇게 다마리스와 로헬리오는 불을 밝힐 수 있었다. 각자의 물건들, 오래된 텔레비전 수상기, 한 번도 사용하지 않은 가스레인지, 침대, 힐마 숙모가 선물해준 침구를 옮겼다. 그리고 마을의 방에서는 여태껏 느끼지 못한 안정감으로 오두막에 짐을 풀었다.

레예스 가족 소유지를 관리하는 일은 복잡할 것이 없었다. 씻고 청소할 때는 오두막에서 쓰려고 산 제품들을 쓰면 됐고, 수영장은 평소에 비워 두다가 비가 올 때 씻어내며, 산에서 주운 유기 폐기물로 정원에 거름을 주는가 하면 로헬리오가 물고기 잡으러 갔다 오면 남긴 석유로 풀을 베는 식이었다. 큰 집은 페인트 덧칠이 필요한 상태였고 갈라진 슬레이트 두어 개를 교체해야 했다. 그리고 바닥의 포장이 군데군데 썩어버린 통로는 품이 많이 들었지만 그들은 항상 모든 곳을 깨끗하고 정갈하게 돌보았다. 레예스 가족이 돌아오는 날에 불평할 것은 아무것도 없을 터였다.

레예스 가족을 위해 일했던 관리인들은 언젠가는 레예스 부부가 아들이 죽었던 장소로 돌아오리라는 확신을 지니고 있었다. 그래서 그들은 모두 기후, 밀림, 소금기와 세월의 흐름이 허하는 한, 집 상태를 관리하느라 애썼고 특히 죽은 니콜라시토의 방을 그대로 유지하려고 노력했다.

큰 집은 혹독한 환경을 견디도록 지어졌다. 알루미늄 슬레이트는 산화되지 않았고, 바닥은 흰개미나 바구미가 얼씬도 할 수 없는 최고급 목재인 발라타 고무나무로 만들어졌으며, 토대나 바닥판도 특수강화 콘크리트를 섞어서 썼다. 널찍한 공간에 합성 자재로 만든 가구를 넣은, 예쁘다기보다는 실용적인 집이었다. 죽은 니콜라시토의 방이 유일하게 장식된 방이었다. 엘비라 씨는 동네에서 제일가는 목수에게 침대와 옷장을 맡겼고 손수 밝은색으로 칠했다. 『정글북』 모티프의 커튼과 침구는 보고타에서 세트로 맞춰 들여왔더랬다. 천은 색이 조금 바랬고 아주 미세한 구멍이 몇 개 눈에 띄기도 했지만 멀리선 보이지 않았다. 옷장 안에는 나프탈렌 공들 사이로 니콜라시토의 옷이 몇 벌 남아 있었다. 티셔츠와 바지, 짧은 수영복 두 벌, 운동화 한 켤레와 슬리퍼 몇 개. 문은 니콜라시토가 아빠와 낚시하러 네그리토스에 놀러갔던 날 직접 가져온 소라고둥을 두어 열어둔 상태였고 장난감은 엘비라 씨가 역시 직접 칠한 나무 궤짝에 들어 있었다. 플라스틱과 나무로 된 장난감들은 살아남았고, 금속이 붙어 있던 것들은 녹슨 지 오래였다.

이제 다마리스는 로헬리오가 옳았음을 인정했다. 개

가 오두막이나 대부분 시간을 청소와 왁스칠로 보내는 큰 집 안에 있는 데 길들여져서는 안 되었다는 것을. 뭔가를, 이를테면 죽은 니콜라시토의 소라고둥, 장난감 중 하나, 운동화, 혹은 제발 그런 일이 없기를 바라지만, 그의 엄마가 칠했던 가구 같은 것들을 망가뜨릴지도 모를 일이었다.

비애와 죄책감을 안은 채, 다마리스는 오두막에서 개를 꺼냈고 다시는 자기 뒤를 따라 두 집에 올라오지 못하게 했다. 큰 집은 특수 콘크리트로 된 말뚝, 오두막은 평범한 목재로 만들어진 말뚝 위에 바닥을 올려서 만들어져 있었다. 그렇다고 다른 개들처럼 두 집 아래 바닥에서 살도록 만들지는 않았다. 다마리스는 개가 비를 피할 수 있도록 키오스코의 한 구석에 자리를 마련했고, 거기에 다른 개들은 들어가지 못하게 했다.

힐마 숙모의 생일날, 다마리스는 숙모를 보러 가기 위해, 부에나벤투라에서 첫 배들이 도착하기 전에 일찌감치 집을 나섰다. 그날은 상반기 성수기가 시작되는 날이어서 다마리스는 좋은 호텔들이 모여 있는 다른 마을로 가려고 부두에 쏟아져 나오는 관광객들을 피하고 싶었기 때문이다.

전날 밤에는 가랑비가 오는 둥 마는 둥 했다. 하늘은 맑게 갰고 바다는 푸른, 몹시 온화한 날이었다. 하늘은 쨍하게 푸르고 타는 듯한 더위에 구름 한 점 없는, 그런 드문 날이 될 것처럼 보였다. 도냐 엘로디아 댁에 들렀을 때 그녀는 안에서 나와 다마리스를 손짓으로 불렀다. 야외식당에는 부인의 딸들이 테이블을 준비하고 식탁보를 깔고 있었다. 도냐 엘로디아는 앞치마를 입고 손에는 생선 내장을 꺼낼 때 쓰는 칼을 들고 있었다.

"히메나네 개가 죽었어."

다마리스는 멍하니 듣고만 있다가 물었다.

"어떻게요?"

"히메나 말로는 독살이래."

"자기 엄마처럼?"

도냐 엘로디아는 고개를 끄덕였다.

"이제 우리 개들만 남았어."

개들이 태어난 지 벌써 6개월이 지났다. 도냐 엘로디아의 개는 야외식당 밖의 해변에 풀어놨다. 녀석의 어미가 매일 시간을 보내던 곳이었다. 다마리스의 개처럼 중형견이었지만 그게 유일하게 닮은 점이었다. 뾰족한 귀에 검은 털이 들쭉날쭉한 녀석이었다. 반면에 다마리스의 개는 귀가 누워 있었고 회색 털이 여전히 아주 짧았다. 한배에서 나온 새끼들이라고는 아무도 생각하지 못했을 것이었다. 다마리스는 개를 껴안고픈 충동, 개가 잘 있는지 확인하기 위해 집으로 돌아가고픈 충동을 느꼈다. 하지만 힐마 숙모의 생일이었으므로 하는 수 없이 건넛마을 쪽으로 향했다.

뇌출혈을 겪은 후로 힐마 숙모는 거동이 불편해졌고, 거실에서 현관 앞 통로까지 그리고 현관 앞 통로부터 거실까지 남들이 밀어주는 흔들의자에 종일 앉아 있다가 루스밀라의 두 딸과 손녀들과 같은 방에서 잤다. 부에나벤투라에서 일하는 큰딸의 남편은 가끔 가다 주말에만 들렀다. 루스밀라는 남편과 다른 방에서 잤다. 남편은 건설현장에서 일했고 루스밀라는 카탈로그 판매를 했다. 옷, 향수, 화장품, 매직퍼머약, 취사도구……. 나쁘지 않았다. 작지만 벽돌로 지어져 있었고 거실에는 타원형 원목 식탁과 꽃무늬 자수 소파 두 개가 있는 집이었다.

그들은 다 같이 새우를 곁들인 쌀 요리를 점심으로 먹고 생일축하 노래를 부른 뒤 부에나벤투라에서 가져온 파란색 크림 케이크를 먹었다. 아이들은 증조할머니에게 선물을 건넸고 힐마 숙모는 눈물을 흘렸다. 다마리스는 숙모의 등에 팔을 얹고 잠시 가만히 쓸어주었다. 그러고 나서 아이들은 다마리스 이모와 놀고 싶다고 팔 다리를 타고 오르며 졸라댔다. 대문이며 창문이 죄다 열려 있었지만 해는 중천에 떴고 바람 한 점 불지 않는 날이었다. 루스밀라는 딸들과 카탈로그를 부채 삼아 부치고 있었고, 힐마 숙모는 흔들의자에 앉아 천천히 몸을 흔들었으며, 아이들은 여전히 다마리스 위에서 뛰놀았다. 다마리스는 숨이 막히는 느낌이 들기 시작했다.

"지금은 안 돼. 이제 그만."

다마리스의 말에도 아이들은 아랑곳하지 않고 루스밀라가 호통을 치고 방으로 쫓아 보낼 때까지 멈추지 않았다.

오후가 되어 마을로 돌아오는 길에 다마리스는 수공예품 가판대에 들렀다. 어깨에 짐가방을 메고 땀과 피곤에 전 채, 부두에서부터 걸어서 혹은 모토택시¶¶로 도착하는 관광객들이 아직도 눈에 띄었다. 하지만 대부분은 호텔에 이미 짐을 풀고 근처로 산책을 나와, 원주민들이 길바닥의 빛바랜 천 위에 펼쳐놓은 구에레게*** 화병과 호리병박 열매로 만든 중절모와 가방을 구경하고 있었다. 사람들을 헤치고 나가기가 쉽지 않았다.

어느 순간 다마리스는 히메나의 가판대 앞에 옴짝달싹 못하고 껴 있게 되었다. 가판대는 대다수 원주민들 것보다 훨씬 근사해 보였다. 지면에서 떨어져 있는 데다 플라스틱 지붕도 있었고 물건을 진열해놓은 판은 푸른 벨벳 천으로 씌워져 있었다. 팔찌, 목걸이, 반지, 귀걸이, 매듭

¶¶ mototaxi. 대중교통 인프라가 여의치 않은 지역에서 시작된 교통수단으로, 오토바이를 개조해 택시로 사용한다.

*** güérregue. 야자나무의 일종, 콜롬비아 원주민 여성들이 구에레게 줄기에서 뽑은 섬유로 기하학적 무늬가 들어간 수공예품을 만든다.

팔찌, 대마초를 위한 궐련지와 파이프를 팔고 있었다. 다마리스와 히메나는 눈길을 주고받았고 히메나는 일어나서 다가왔다.

"내 강아지를 죽였다니까요."

히메나가 말했다. 두 사람은 그때까지 한 번도 이야기를 나눈 적이 없었다.

"도냐 엘로디아에게 들었어요."

"이웃놈들이 그랬어요. 그 씨발놈들이."

다마리스는 히메나가 욕하는 사람들이 누군지 모르는데도 듣기가 거북했다. 하지만 히메나가 딱했다. 히메나는 대마초 냄새를 풍겼고, 목소리는 담배로 쉬었으며, 피부는 얼룩덜룩하고 주름졌고, 그 위로 길게 늘어뜨려 검게 염색한 머리카락은 뿌리가 허옇게 드러나 있었다. 히메나가 다마리스에게 해준 이야기로는, 몇 주 전쯤 울타리를 넘어 집 쪽으로 들어온 이웃집 암탉 하나를 자기 개가 물어 죽였는데, 이번에는 불가사의하게 자기 개가 죽은 채 발견되었다는 것이었다. 히메나는 이웃에게 책임을 물을 아무 증거도 없고 개가 독살되었다는 것조차 확신할 수 없었다. 다마리스는 개를 죽인 게 다른 무엇일 수도 있다고, 이를테면 뱀의 소행이라거나 다른 병에 걸렸을 수도 있다고, 그럼에도 히메나가 이웃들에게 이렇게까지 분노하는 것은 슬픔에 허우적대지 않기 위한 것일 수도 있다고 짐작했다.

"나는 암컷을 원했는데."

히메나가 털어놓았다.

"도냐 엘로디아에게 듣기로는 그쪽이 한배에서 난 새끼 중 유일한 암컷을 데려갔다고 하더라고요. 그래서 내가 남은 그 녀석을 데려왔지요. 어찌나 쪼그만했는지. 걔들 어땠는지 기억해요? 우리 시몬시토는 내 두 손 안에 쏙 들어왔었어요."

집에 도착했을 때 다마리스는 개가 자기를 보고 반가워하는 것만큼 개를 보고 반가워했고, 손을 들여다보고 기름 때로 더러워졌다는 것을 깨닫기 전까지 꽤 오랫동안 개를 쓰다듬고 있었다. 다마리스는 개를 목욕시키기로 했다. 해는 여전히 강하게 내리쬐고 그녀는 걸어오느라 더위와 땀에 찌든 몸을 씻어낼 필요가 있었다. 물을 싫어하던 개에게는 안타까운 일이었지만 다마리스는 세탁장 옆에서 빨래용 파란 비누와 솔로 개를 씻겼고, 개는 머리를 숙이고 꼬리를 숨겼다.

그 후, 개가 저무는 햇빛으로 몸을 말리는 동안 다마리스는 담가두었던 속옷을 비벼 빨고 몸을 씻었다. 오두막에는 샤워실이 없었던 터라 그들은 언제나 세탁장에서 옷을 벗지 않고 바가지로 물을 끼얹으며 목욕을 했다. 일몰은 굉장했다. 하늘은 불 붙은 듯했고 바다는 자줏빛으로 물들었다. 키오스코 바닥에 둔 작은 건조대에 속옷을 널었을 즈음 날은 이미 어둑해지고 있었다. 다마리스는 아직도 목욕 때문에 삐친 개를 오래된 수건으로 감아 두 번 접은 매트로 만든 침대에 내려주었다.

밤에도 비는 내리지 않았지만, 바늘처럼 찌르는 작은 모기인 클라비토가 기승을 부리는 통에 오두막의 문과 창문을 모조리 닫아야만 했다. 로헬리오는 집 아래에 보관해두던 낡고 찌그러진 냄비를 찾아다가 코코넛 껍질로 가득 채우고 불을 붙였다. 코코넛 껍질이 타들어가기 시작했고 클라비토는 잠시 사라졌지만, 연기가 가시자마자 다시 떼로 몰려들었고 둘은 클라비토를 몰아내기 위해

걸레를 쥐고 있어야 했다. 편안하게 텔레노벨라를 볼 수가 없었다. 얼마나 더웠는지 로헬리오 겨드랑이의 땀자국이 점점 더 커졌고 다마리스의 귀밑머리에서는 땀줄기가 졸졸 흘렀다.

“아니 비가 내릴 생각이 없네?”

걸레를 바닥에 내리치며 다마리스가 한탄했다. 로헬리오는 대답 없이 침대로 갔다. 더위와 클라비토에 들볶이면서 잠들기는 글렀다는 것을 알았던 다마리스는 남아서 텔레비전을 봤다.

자정이 넘어 텔레비전에서 광고만 나오는 시간, 갑자기 아주 가까이에서 번쩍 벼락이 쳤고 그 순간 사방이 환해졌다. 다마리스는 깜짝 놀랐고, 곧 전기가 나갔으며, 무시무시한 소나기가 쏟아졌다. 천둥번개와 함께 어찌나 많은 물이 쏟아졌는지 마치 오두막 천장 위로 누가 물을 양동이째 들이붓는 것 같았다. 하지만 한결 시원해지고 클라비토가 사라지자, 개가 키오스코에서 안전히 있다는 것을 아는 다마리스는 잠을 청했다.

다음 날 아침 여전히 비가 퍼부었고, 밤을 지새우다시피 한 다마리스는 늦게 일어났다. 바닥은 차갑고 축축했고 간밤에 코코넛 껍질을 태웠던 냄비는 거실 한가운데 새는 빗물을 받고 있었다. 전기는 여전히 들어오지 않았고 로헬리오는 꺼진 텔레비전 앞의 플라스틱 의자에 앉아서 키오스코에서 준비한 게 틀림없는 커피를 마시고 있었다.

“네 개가 어젯밤에 난리를 쳐놨어.”

다마리스는 개가 했을 법한 일 때문이 아니라 자신이 없는 틈을 타 로헬리오가 개에게 주었을 벌에 생각이 미치자 질겁했다.

"개한테 무슨 짓을 했어?"

"나 말고, 네 개가 네 브래지어들 다 뜯어놨다고."

다마리스는 서둘러 오두막에서 뛰쳐나갔다. 바다도, 섬들도, 마을도 보이지 않았고 그저 빗줄기만 보였다. 멀리서는 망사로 된 장막처럼 하얗게, 저택의 지붕, 통로, 계단 위를 개울이 흐르듯 흘러가는 비뿐이었다. 다마리스는 흠뻑 젖은 채 키오스코에 도착했다. 간밤 작은 건조대 위에 걸어두었던 그녀와 로헬리오의 팬티도 그대로 걸려 있었다. 오직 그녀의 브래지어만이, 세 개 모두 바닥에 갈기갈기 찢어져 굴러다니고 있었다. 개는 소심하고 죄지은 것처럼 꼬리를 치긴 했지만 멀쩡해 보였다. 다마리스는 개의 머리부터 꼬리까지 살펴보았고 무사한 모습을 본 안도감에 혼내기는커녕 개를 안고 괜찮다고, 무슨 말인지 알아들었고 이제 다시는 목욕시키지 않겠다고 말했다.

다마리스는 줄곧 개를 애지중지했다. 산에서 잃어버리기 전까지. 로헬리오는 바람과 조수선에 고기를 잡으러 나갔고, 다마리스 혼자 있던 밤이었다. 데인저, 올리보, 모스코는 키오스코 밖에서 방금 밥을 먹었고, 다마리스는 오두막으로 가기 직전에 개의 머리를 작별인사하듯 문지르고 있었다. 갑자기 데인저가 산 쪽을 향해 짖기 시작했다. 다른 개 두 마리도 경계 태세에 들어갔고 다마리스의 개는 키오스코에서 나가 몇 미터 전진해 데인저 곁까지 갔다. 개들이 짖는 방향에는 집도 사람도 없었고, 길을 잃거나 아픈, 주머니쥐나 타타브로†††같은 동물이었을 거라고 다마리스는 생각했다.

달도 없이 어두컴컴한 밤이었고 불빛이라고는 키오스코의 전구가 유일했다. 다마리스는 멀리서 아무것도 보이지도 들리지도 않았지만, 개들은 점점 더 예민해져서 털을 곤두세우고 컹컹 짖어댔다.

다마리스는 개가 진정하고 자신의 곁으로 돌아오도록 부르기 시작했다.

"치를리!"

사촌이 비웃었던 그 이름을 부끄러움도 없이 큰 목소리로 목 놓아 불렀다.

"치이이이이를리이이이이!"

그때 갑자기 데인저가 뛰기 시작했고 모두가 뒤를 따

††† tatabro. 아메리카에서 서식하는 멧돼지와 유사한 페커리(peccary)과 동물로 콜롬비아에서 부르는 이름.

랐다. 다마리스 개 역시 다른 개들과 함께 산으로 들어갔다.

다마리스는 개들이 짖는 소리, 수풀 사이를 오가는 소리를 들었다. 맨발이었던 다마리스는 뱀이 있을지도 모른다고 생각했다. 그것도 밤에 출몰하는, 공격적이고 무자비한 창머리 독사가 틀림없을 터라, 다마리스가 할 수 있는 일이라고는 키오스코에서 계속 개 이름을 부르는 것뿐이었다. 격노한 목소리로, 무덤덤한 목소리로, 달콤한 목소리로, 애원하는 목소리로 소리를 질러보았지만 사방이 고요해질 때까지 아무런 소용이 없었고 이제 더는 개 짖는 소리는커녕 아무 소리도 들리지 않았다. 다마리스 앞에는 다만 밀림만이, 사냥감을 갓 집어삼킨 맹수처럼 고요한 밀림만이 있었다.

다마리스는 오두막으로 가서 고무장화를 신고, 마체테와 손전등을 쥐고 개들이 갔던 길을 따라 산으로 들어갔다. 다마리스가 무서워하던 저 밀림의 어둠, 창머리독사, 야생동물, 망자, 고인이 된 니콜라시토, 호수에, 헤네씨, 어릴 적 사람들이 이야기하던 귀신들…… 그 어떤 것도 다마리스를 겁 주지 않았다. 스스로의 용기에 놀라지도 않았다. 오직 한 가지만을 생각했다. 개가 위험에 빠졌고 자기가 구해내야만 한다고.

다마리스는 안개 속에서 길을 잃지 않도록 지나치게 멀지 않은 수풀 사이를 헤치고, 사방에 빛을 비추고 소리를 내며 자신의 개와 데인저, 올리보, 모스코를 부르며 돌아다녔다. 아무도 돌아오지 않았고 아무 일도 일어나지 않자 다마리스는 더 깊이 들어가기로 했다. 레예스네와 이웃들 땅을 가르는 협곡에 갔다가, 큰길 옆의 울타리와 절벽에 갔고, 그 쪽으로 향하는 유일한 길이 끝나는 밀페소스 야자나무‡‡‡가 있는 곳까지 갔다.

손전등이 비추는 부분을 제외하고는 아무것도 보이지 않았기 때문에, 이것저것의 부분만 볼 수 있었다. 거대한 나뭇잎 한 장, 이끼로 뒤덮인 나무줄기, 불빛에 놀라서 날아가며 다마리스의 머리 주위에서 질겁해서 퍼덕거리던 엄청나게 큰 나방의 수많은 눈이 붙어 있던 날개……. 장화가 나무뿌리에 걸리고 진흙에 빠져서 다마리스는 발이 채여 넘어지고 미끄러져서 몸을 가누기 위해 단단하거나 축축하거나 섬유질이거나 닿는 데라면 어디든 손을 짚었다. 거칠거나 털이 수북하거나 가시가 있는 것들이 다마리스를 스쳐 지나갔고 그녀는 그것들이 거미나 나무에 사는 뱀, 흡혈박쥐라 생각하며 펄쩍 뛰었지만 아무것에도 물리지 않았고 모기에게만 물렸을 뿐이었다. 다마리스는 신경 쓰지 않고 어둠 속에서 계속 개를 찾았다. 후텁지근한 열기가 피부에 이끼처럼 들러붙은 듯 느껴졌고, 건넛마을 디스코텍의 음악처럼 참을 수 없는, 개구리와 귀뚜라미 울음소리가 밀림이 아니라 그녀의 머릿속에서 울려댔다. 손전등은 점점 흐려졌고, 불이 완전히 꺼지기 전에 기진맥진한 채 울며 오두막으로 돌아오는 것 말고는 달리

‡‡‡ palma de milpesos. 중남미 열대우림 생태계에서 중요한 역할을 하는 야자나무.

방법이 없었다.

다마리스는 바로 잠이 들었지만 꿈 때문에 한숨도 자지 못한 기분이었다. 소음과 그림자가 나오는 꿈을 꾸는 동안, 다마리스는 침대에 깬 채로, 움직일 수 없었고, 무엇인가가 그녀를 공격했고, 그건 오두막을 비집고 들어온 밀림이었으며, 그 밀림은 다마리스를 둘러싸 그녀를 이끼로 덮었고, 벌레며 짐승의 참을 수 없는 소음으로 그녀의 귓속을 가득, 그녀가 밀림으로, 나무둥치로, 이끼로, 진흙으로, 동시에 그 모든 것으로 변할 때까지 채웠고, 그리고 거기서 개와 만났고, 개는 그녀에게 인사하려 얼굴을 핥았다. 깨어났을 때 다마리스는 여전히 혼자였다. 밖에는 바람이 지붕을 내리갈기고 천둥은 지축을 흔드는 맹렬한 폭풍우가 쏟아지고 있었다. 틈새를 타고 물이 새어 들어와 오두막 안에서 넘실대고 있었다.

다마리스는 로헬리오를 생각했다. 이 격노한 폭풍 한가운데 초라한 보트 위에 있을, 비를 피하기 위한 거라곤 구명조끼 하나에 우비 한 장, 플라스틱 비닐 따위가 전부일 로헬리오를. 하지만 다마리스는 개에게 마음이 더 쓰였다. 저기 밖에 산에서, 홀딱 젖어서 추위에 얼어붙은 채로, 구원의 손을 내어줄 다마리스 없이 죽을 만큼 두려워하고 있을 자신의 개를 걱정하며, 다마리스는 또 한번 울음을 터뜨렸다.

이튿날 아침나절에 비가 멎었고, 다마리스는 계속 개들을 찾아다녔다. 어둡고 선선한 날이었고 비가 어찌나 많이 왔는지 모든 것이 물에 잠겨 있었다. 다마리스는 물을 헤치고 간밤에 있었던 장소들을 되짚어 가보았지만 호우가 발자국을 다 지워버린 후였다. 다른 곳과 마찬가지로 침수된 큰길에도 발자국은 없었고 그녀는 모든 곳을 다 둘러보았다. 이웃집들을 방문해서 개들이 보이는지 신경 써달라고 부탁했다. 엔지니어가 사는 집 관리인들은 마을 사람들이었는데 대수롭게 여기지 않았고 툴루아에서 온 자매들은 래브라도 한 마리를 애지중이 키우던 터라 그녀의 고통을 이해하며 점심을 들고 가라 권했다.

오후에는 로사 부인의 집에 갔다. 로사 부인은 헤네씨가 죽고 정신이 오락가락해진 이래로 한가하게 지내고 있었다. 남편이 죽기 전에 그녀는 사람들 이름을 까먹고 물건을 잃어버렸으며, 눈이나 입술에 화장을 두 번씩 한다거나 휴대폰을 냉동실에 넣는 것처럼 사람들이 웃어넘기는 일들을 하곤 했다. 남편의 죽음과 함께 로사 부인의 상태는 악화되었다. 몇 년도에 살고 있는지 몰랐고 자신이 여전히 칼리에 살고 있는 싱글이라 생각했고 국가에 맞춰 춤을 추는가 하면 남편과 갓 절벽에 도착해서 집을 짓기 위한 자재를 기다리는 중이라 믿기도 했다. 자기 소유지 안에서 길을 잃기 시작했고 입을 벌린 채 바보처럼 한참을 어딘가를 응시하다가 벽과 대화하고 급기야 술 마시는 것조차 잊어버렸다. 아구아르디엔테[§§§]를 어찌나 좋아하는지 매일 마시다시피 하는 사람이었는데 말이다.

로사 부인은 자식이 없었으므로 조카 하나가 와서 모든 일을 처리했다. 로사 부인을 칼리의 양로원에 입원시키고, 집은 내놓았다. 집이 팔릴 때까지 다마리스와 로헬리오에게 로사 부인이 그랬듯 집을 돌보는 임금을 지불했다. 로헬리오는 정원을 보살피고 수리를 맡았으며, 다마리스는 집을 청소했다.

절벽에 도착한 이후로 개는 다마리스와 함께 로사 부인의 집에 매주 왔었고, 다마리스는 어쩌면 개가 항상 좋아하던 곳, 어떤 날씨에도 서늘하고 마른 상태를 유지하는 뒤뜰의 콘크리트 판에 늘어져 있을지도 모른다고 생각했다.

개는 거기 없었고, 절벽에서 가장 큰 땅을 차지하고 있는 저택의 그 어디에도 없었다. 다마리스는 집, 정원, 입구의 계단, 절벽을 따라 난 긴 해안, 협곡으로 가는 샛길과 비가 너무 많이 와서 무시무시한 기세로 흘러내려 고인이 된 헤네 씨가 지었던 댐의 벽 위로 넘쳐흐르던 계곡까지 근처 전부를 샅샅이 훑어보았다.

다음 날에도 해는 나지 않았고 정오까지 비가 쏟아졌다. 다마리스는 점심 이후에 집에서 나와, 너무 약해서 눈에 보이지도, 몸으로 느끼지도 못했지만 그래도 슬금슬금 몸을 적시는 가랑비 아래에서 사냥꾼과 톱장이만 다니는 샛길들을 훑었다. 거기에도 개들의 흔적은 보이지 않았

§§§ aguardiente. 불타는 물이라는 뜻을 가진 독한 증류주. 스페인어권에서 대중적으로 인기가 높은 술.

다. 이른 오후 비가 멎었지만 하늘이 개지 않았고 날은 여전히 춥고 잿빛이었다.

돌아오는 길에는 몰려드는 개미떼와 마주쳤다. 수없이 많은 개미들이 마치 군대처럼 밀림 사이로 전진하고 있었다. 땅 밑의 둥지에서 나온 중간 크기의 이 검은 개미들은 맞닥뜨리는 모든 동물을 벌레 한 마리 남기지 않고 살았든 죽었든 간에 쓸어버렸다. 다마리스는 개미떼를 앞지르기 위해 달려야만 했는데 몇몇은 기어코 따라잡아 그녀의 몸을 타고 올라왔고, 털어내는 와중에도 손과 다리를 물었다. 물린 자리는 불에 타는 것처럼 느껴졌지만 고통은 순식간에 지나갔고 자국도 남지 않았다.

다마리스가 오두막에 온 지 15분이 지나 개미떼가 도착했고, 다마리스는 개미들의 청소 작업이 진행되는 동안 플라스틱 의자에 올라가 다리를 웅크렸다. 두 시간 후 개미들은 흔적도 없이 사라졌고 은신처에서 끄집어내 데려간 바퀴벌레들도 마찬가지였다.

그날 밤 기온이 너무 떨어져 다마리스는 오두막에서 구할 수 있는 가장 두꺼운 물건인 수건으로 몸을 덮는 수밖에 없었다. 하지만 비는 오지 않았다. 셋째 날 태양이 구름을 걷었고, 하늘과 바다는 색색으로 물들고 날이 풀리기 시작했다. 다마리스가 집을 나서려던 때 로헬리오가 집에 돌아왔고 몇 분 지나지 않아 산 쪽으로부터 개들이 모습을 드러냈다. 더럽고, 지치고, 조금은 야윈 채로. 다마리스는 마음이 벅차올랐지만, 곧 데인저, 올리보, 모스코만 있다는 사실을 알아차리고는 울음을 터뜨렸다.

로헬리오는 먼바다에서 닷새를 보내고 배고프고 피곤한 상태로 돌아왔는데도 다마리스와 함께 산으로 갔다. 큰길에서 개 세 마리의 흔적을 찾았고, 절벽이 끝나는 지점이자 분명 개들이 헤엄쳐 건넜을 다른 해협이 있는 라데스펜사까지 따라갔지만, 다마리스의 강아지가 남긴 흔적은 없었다.

로헬리오는 매일 다마리스와 동행했다. 라데스펜사를 지나 물고기 양식장 너머까지 갔고, 급기야 통행이 금지되어 있는 해군작전 지역까지 들어갔다. 다마리스 셋을 합친 것만 한 둘레의 나무들이 가득한 그곳 밀림은 한층 더 어둡고 신비로웠고, 낙엽이 떨어진 바닥은 어찌나 깊은지 가끔은 장화가 중간까지 푹푹 묻혀 들어갔다.

두 사람은 점심 이후에 집을 나섰고 해 질 녘이나 밤이 되어서야 팜파스 풀에 여기저기 긁히고 온갖 벌레에 물어뜯기고 땀에 절어서, 비가 오면 비에 홀딱 젖은 채로 쑤신 몸을 이끌고 녹초가 되어 돌아오는 날들이 이어졌다.

어느 날 다마리스는, 로헬리오가 압박하거나 기운을 빼는 말을 해서가 아니라, 절대 개를 찾지 못하리라는 사실을 홀로 깨달았다. 두 사람은 바다가 빨려 들어가는 대지의 거대한 구멍 앞에 서 있었다. 만조의 파도는 맹렬한 기세로 바위에 부딪혔고, 물줄기가 그들에게 솟아올라 튀었다. 로헬리오는 구멍을 건너기 위해서는 썰물이 다 빠져나갈 때까지 기다렸다가 구멍 안에 내려가 반대쪽 암벽을 타고 올라가야 한다고, 바위가 이끼로 덮여있으니 미끄러지지 않도록 조심해야 한다고 이야기하는 중이었다. 다마리스는 듣고 있지 않았다. 다마리스는 니콜라시토가 삼켜진 그 시각, 그 장소로 되돌아가 있었고, 막막한 비통함에 눈을 감았다. 이제 로헬리오는 마체테로 길을 내면 구멍을 우회하는 방법도 있지만 문제는 저쪽에는 가시야자나무가 잔뜩 있다고 말하는 중이었다. 다마리스는 눈을 뜨고 그의 말을 끊었다.

"개는 죽었어."

로헬리오는 이해 못 한 채 다마리스를 쳐다보았다.

"이 밀림은 끔찍해."

다마리스가 설명했다.

이끼로 뒤덮인 바위와 죽은 니콜라시토를 데려간 것과 같은 파도가 있는 절벽이 지나치게 많았고, 폭풍우가 뿌리째 쓰러뜨리고 벼락이 반 토막을 낸 거대한 나무들, 대지 곳곳의 붕괴, 독이 있는 뱀과 사슴을 집어삼키는 뱀, 동물 피를 말리는 흡혈박쥐, 발을 뚫고 들어올 수 있는 가시를 가진 식물, 장마에 불어나 가는 길에 마주치는 모든 것을 쓸어버리는 계곡……. 그걸로도 부족하다는 듯, 다마리스의 개가 사라진 지는 벌써 스무 날이, 너무 긴 시간이 지났다.

"집에 가자."

이번엔 울지 않고 다마리스가 말했다.

로헬리오는 다마리스에게 다가가 울컥한 마음으로 바라보며 다마리스의 어깨에 손을 얹었다. 그 밤 그들은 집에 도착하자마자 관계를 가졌다. 마지막 이후로 10년이 지나지 않았던 것처럼. 다마리스는 어쩌면 이번에는 임신할지도 모른다고 생각하는 자신을 그냥 내버려두었다. 하지만 다음 날 아침, 스스로를 비웃었다. 여자들이 시드는 나이, 마흔을 넘긴 자신을.

다마리스가 삼촌과 마을의 2층집에 살던 시절, 자주 파티를 열던 삼촌이 파티에서 했던 말이 있었다. 삼촌은 한 무리의 어부들과 집 밖에 앉아 술에 취한 채, 위에 아무것도 입지 않고 노닥거리고 있었다. 그때 그들 앞으로 마을의 한 여자가 지나갔다. 키가 컸고, 걸을 때마다 자신만만하게 엉덩이를 흔들었고 퍼머로 편 생머리는 언제나 등허리까지 닿았다. 다마리스는 언제나 감탄하며 바라보던 여자였다. 어부들은 하나같이 눈으로 그녀를 쫓아갔고 삼촌은 술을 한 모금 들이켰다.

"끝내주네. 분명 마흔이 넘었을 텐데. 여자들 시드는 나이."

삼촌이 말했다.

'나는 항상 시들어 있었는데.' 다마리스는 씁쓸하게 생각했다.

며칠 동안 다마리스와 로헬리오는 가깝게 지냈다. 다마리스는 로헬리오에게 오후의 텔레노벨라에서 일어난 일을 이야기했고 로헬리오는 사냥하고 낚시하고 낫질하며 무엇을 보고 생각했는지를 이야기했다. 과거의 일을 생각해내고 함께 웃었고, 밤에는 뉴스와 텔레노벨라에 대해 떠들고, 다마리스가 열여덟 살이었고 아직 임신이 되지 않는 고통이 시작되지 않았던 처음처럼 함께 잠들었다.

어느 날 아침, 로헬리오가 부에나벤투라로 갔던 마지막 여행에서 사왔던 찻잔 한 벌이 키오스코에서 아침을 준비하던 다마리스의 손에서 미끄러졌다.

"두 달을 못 넘기냐."

짜증이 난 로헬리오가 말했다.

"넌 손이 야무지지가 못해."

다마리스는 대답하지 않았지만, 그날 밤 텔레비전을 끈 후 로헬리오가 다가왔을 때 몸을 피해 혼자 자던 방으로 들어갔다. 다마리스는 잠시 자기 손을 들여다보았다. 그녀의 손은 거대했다. 넓적한 손가락과 햇볕에 그을리고 버석한 손바닥, 쩍쩍 갈라진 땅바닥처럼 깊이 파인 손금. 남자의 손이었다. 건설 노동자나 엄청나게 큰 물고기를 잡아당길 수 있는 어부의 손이었다. 다음 날 누구도 "좋은 아침"을 말하지 않았고 둘은 다시 거리를 두기 시작했다. 서로의 얼굴을 보지 않고, 따로 잤으며, 필요한 것만 말했다.

다마리스는 더는 개 때문에 울지 않았지만 개의 부재는 가슴에 얹힌 돌처럼 아팠다. 늘 개가 그리웠다. 마을에서 돌아왔을 때 계단 끝에서 꼬리를 흔들고 있지 않았고, 생선을 손질할 때 간절하게 쳐다보며 나타나지 않았으며, 남은 음식을 넣어둘 때 개를 위해 제일 좋은 걸 따로 챙기지 않았고, 아침에 커피를 마실 때 쓰다듬어줄 머리가 없었다. 다마리스는 몇 번이고 개를 봤다고 생각했다. 로헬리오가 오두막에 기대어놓은 코코넛더미 속에서, 키오스코에 보트를 묶어둔 밧줄에서, 화덕 옆에 놔둔 새 장작 뭉치에서, 다른 개들, 정원의 식물, 오후의 나무 그림자에서, 그리고 개의 침대에서. 개가 마지막으로 두고 떠난 모습 그대로 키오스코에 있는 그 침대를, 차마 내다버릴 평정심을 가지지 못했기 때문이다.

돈 하이메는 마치 다마리스의 친척이라도 죽은 것처럼 안타까움을 표했다. 다마리스는 자신의 감정을 진지하게 받아들여준 데 감사했다. 도냐 엘로디아 앞에서 있었던 일을 이야기하는 동안, 다마리스는 개가 빠져나가도록 둔 것, 계속해서 찾지 않은 것, 희망을 잃어버린 것에 죄책감을 느꼈다. 도냐 엘로디아는 묵묵히 듣고 삶에 체념한 듯 한숨을 쉬었다. 열한 마리 강아지 새끼들 중 이제 그의 개만이 남았고, 이제 다마리스는 건넛마을에 갈 때면 도냐 엘로디아의 식당 근처를 지나가는 것을 피했다. 개를 보는 것이 아팠기 때문이다.

이때 다마리스에게 루스밀라의 부정적인 참견만큼 쓸모없는 것은 없었으므로, 다마리스는 가족의 누구에게도, 힐마 숙모에게조차 아무것도 말하지 않았다. 하지만 루스밀라는 어쨌든 알게 되었다. 어느 날 오후 낚시를 하고 돌아오던 로헬리오는 어민 조합에서 우연히 루스밀라의 남편을 마주쳤고 이런저런 이야기를 하다가 다마리스의 개에 대한 모든 이야기를, 개가 사라졌고 얼마나 그들이 개를 찾아다녔는지를 말했다. 그날 루스밀라는 다마리스의 휴대폰으로 전화를 걸었다.

"그래서 내가 그 짐승들을 좋아하지 않는 거야."

다마리스는 밀림 속에서 잃어버릴 수 있어서 그렇다는 건지 죽어버려서 그렇다는 건지 이해할 수 없었지만, 설명을 구하는 대신 그 주에 아빠랑 이야기를 했냐고 물어보았다.

헤네 씨의 죽음은 매우 기이했다. 그에게 무슨 일이 있었는지 어떻게 바다에서 끝을 맞이했는지 아무도 알지 못했다. 당시 그는 병으로 거의 마비가 된 상태였고 손가락만 겨우 움직일 수 있었다. 대다수 사람들은 헤네 씨가 휠체어에 탄 채로 절벽으로 몸을 던져 자살했다고 생각했지만, 다마리스와 로헬리오는 그것이 불가능하다는 사실을 알았다. 휠체어의 모터는 그만큼의 힘이 없었고 만일 헤네 씨가 그걸 시도했더라면 절벽 가장자리에서 자라는 이카코 덤불에 걸려 있었을 터이기 때문이다. 예전에 한 번 제시간에 휠체어를 멈추지 못해서 결국 로헬리오가 팔로 안아서 헤네 씨를 꺼내야만 했던 때처럼 말이다. 어떤 사람들은 로사 부인이 헤네 씨를 밀었다고 믿었는데 누구는 연민 때문이라고, 또 누구는 헤네 씨를 없애기 위해서 그랬다고 했다.

로헬리오는 로사 부인이 헤네 씨를 밀었을 수도 있다고 생각했는데, 그즈음 이미 부인의 머리가 이상해졌기 때문이었다. 그건 사실이었지만, 다마리스는 로사 부인이 아무리 정신이 오락가락한다고 해도 그랬을 리는 없다고 확신했다. 식료품 저장실에 둥지를 튼 들쥐들도, 옷을 먹어치운 메뚜기도, 밤에 부인을 놀라게 하곤 했던 박쥐에 가까워 보이는 거대나방도 해치지 못했는데 하물며 자기 남편을 죽였을 리가.

어쨌든 헤네 씨가 휠체어를 타고 사라졌고 절벽에서도 흔적을 찾지 못하고 있었을 때, 헤네 씨는 육지에 없는 게 틀림없다고 말한 첫 번째 사람은 로헬리오였다. 수색을 도와주던 마을 남자들은 이해하지 못했다.

"이쪽 위에 있었으면 여긴 이미 콘도르들로 가득 찼을 테니까요."

로헬리오가 하늘을 쳐다보며 설명했다.

너무 맞는 말이어서 남자들은 '우리는 왜 그 생각을 못했지.'라는 듯 서로를 쳐다보았고 다마리스는 남편이 자랑스러웠다.

다마리스는 바다에서 꺼내 해변에 눕혀놓은 헤네 씨의 시신을 보았다. 헤네 씨는 살아있을 때보다 하얗게 보였다. 헤네 씨는 하얗디 하얀, 다마리스가 만났던 가장 하얀 백인이었는데도 불구하고. 마치 오렌지처럼 군데군데 피부껍질이 벗겨져 있었고, 손가락과 발은 동물들에게 먹혔으며, 텅 빈 안와, 부풀어 오른 복부와 벌어진 입이 보였다. 다마리스는 입속을 들여다보았다. 혀가 없어졌고 목구멍까지 검은 물이 올라와 있었다. 썩은내가 풍겼고 언제라도 배에서 물고기들이 올라오거나 덩굴식물이 솟아날 것만 같았다.

헤네 씨는 스물하루 날 동안 실종되어 있었고, 바다에게서 돌려받기까지 니콜라시토 다음으로, 두 번째로 긴 시간이 걸린 시신이었다.

더는 누구도 다마리스에게 개에 대해서 묻지 않게 되었을 때, 개가 나타났다. 그날 다마리스는 고기잡이배들의 난리법석에 일찍 깼다. 어선들은 밤에 배를 정박해두는 작은 만을 입구 삼아, 대해로 나가는 날이었다. 구름이 잔뜩 꼈지만 비는 내리지 않았고 다마리스는 먹을 생선이 한 마리만 남은 터라 걱정이 많았다. 키오스코에 가기 위해 오두막 문을 열자마자, 정원의 코코 야자나무 옆에 있는 개를 보았다. 맨 처음 떠오른 생각은 두 눈이 또 자신을 현혹하고 있다는 것이었지만 이번에는 정말로 진흙투성이에 삐쩍 마른 다마리스의 개였다.

다마리스는 오두막에서 내려왔다. 개는 꼬리를 흔들기 시작했고 다마리스는 울음을 터뜨렸다. 곁에 다가가 개를 안기 위해 몸을 수그렸다. 악취가 진동했다. 다마리스는 개를 샅샅이 살펴보았다. 몸에는 진드기들이 있었고, 귀에는 베인 상처가, 뒷다리에는 깊은 종기가 있었으며 갈비뼈가 앙상히 드러나 있었다. 다마리스는 개를 보고 또 봤다. 개가 돌아왔다는 것, 게다가 그 오랜 시간을 산에서 지낸 후에 이렇게 멀쩡한 상태로 돌아왔다는 것을 도무지 믿을 수가 없었다. 33일이 지났다. 헤네 씨가 실종된 기간에 열이틀을 더한 만큼이었으며, 니콜라시토보다 고작 하루 부족했지만, 개를 돌려준 것은 바다가 아니라 밀림이었기 때문에, 개는 살아 있었다. 살아 있었어! 저 말이 다마리스의 머릿속에서 끝없이 뱅뱅 돌고 있었다.

"살아 있어!"

로헬리오가 오두막에서 나왔을 때 다마리스는 크게

외쳤다. 로헬리오는 개를 보고 너무 놀라서 아무 말도 하지 못했다.

"우리 치를리라고!"

다마리스가 말했다.

"그래, 나도 보여."

로헬리오는 개에게 다가가 머리부터 꼬리까지 살펴보고 개의 등허리를 환영하듯 토닥이기까지 했다. 그리고 엽총을 들고 사냥을 하러 산으로 갔다.

다마리스는 개를 씻기고 알코올로 상처를 소독했고, 생선 국물을 준비해서 생선머리랑 같이 줬는데 그러고 나니 정작 자기는 먹을 것이 없었다. 그런 다음 마을로 내려가 돈 하이메에게 부끄러움을 무릅쓰고 구더기가 생기지 않도록 해 주는 구산트렉스 연고를 살 돈을 좀 빌려주십사 부탁했다. 이번 달에는 예전 외상값도 갚지 못하고 있던 터인데 돈 하이메는 군말 없이 돈을 줬을 뿐 아니라 쌀 1파운드와 닭고기 두 덩이를 외상으로 더 달아주었다.

두 마을 중 어디에서도 구산트렉스 연고를 구할 수 없었으므로, 다마리스는 루스밀라가 어떻게 생각하든 무슨 말을 하든 개의치 않고, 바로 그날 부에나벤투라에 갈 예정이었던 루스밀라의 큰딸에게 물건을 좀 사다 달라 부탁했다.

마지막 배에 실려 구산트렉스 연고가 도착한 날 이후로 다마리스는 며칠을 개의 상처에 연고를 바르는 데 집중하며, 온갖 국물을 먹이고 애지중지하며 보냈다.

개는 상처가 아물었고 살이 쪘지만, 다마리스는 계속해서 개가 연약한 것처럼 대했고 이제 개를 치를리라고 부르고 귀여워하는 데 누구의 눈치도 보지 않았다. 어머니의 날을 축하하러 온 루스밀라 앞에서도 마찬가지였다.

루스밀라네는 온 가족이 총출동해 남편, 딸들, 사위, 손녀들에 힐마 숙모까지 싹 끌고 다마리스네에 도착했다. 힐마 숙모는 가족들이 양 팔로 짊어지고 계단을 올라, 큰 집 발코니에 있는 긴 의자에 기대어 눕혔다. 그들은 키오스코의 장작 아궁이에서 닭고기가 들어간 산코초를 준비하고, 수영장에 물을 채워 물놀이를 시작했다. 그 누구도 "우리 이렇게 뻔뻔해도 되는 거?"라고 묻지 않았지만, 다마리스는 모두 그 생각을 하고 있는 게 당연하다고 여겼고, 농담에 웃고 아이들과 놀면서도 마음이 편치 않았다. 만일 사람들이 그 순간 레예스네 집을 차지하고 있는 그들을 본다면 무슨 생각을 할지를 떠올린 다마리스는 견딜 수 없는 수치심을 느꼈다. 힐마 숙모는 발코니의 긴 의자에서 여왕처럼 부채질을 했고, 로헬리오는 수영장 옆의 다른 의자에 늘어져 있었으며, 루스밀라는 남편과 수영장 가장자리에 앉아 아구아르디엔테 병나발을 불었고, 아이들은 물에서 회전 묘기를 부렸는데, 다마리스는 막 물에서 나와 짧은 레깅스에 수영복이나 작업복으로 입곤 하는 빛바랜 민소매 블라우스를 입고, 그 어마어마한 엉덩이를 흔들며 자갈로 만들어놓은 길을 지나갔고, 그 뒤로 물을 뚝뚝 떨어뜨렸다. 다마리스는 결코 그 누구도 그들을 집주인이라고 착각할 리 없다고 혼자 생각했다. 그들은 부자 물건을 사용하는 볼품없이 차려입은 가난한 흑인 무리였다. 주제를 모르는 것들, 사람들은 그렇게 생각할 것이며, 주제를 모른다는 건 다마리스에게 근친상간이나 범죄만큼 끔찍한, 해서는 안 될 일이었기에, 죽고 싶은 기분이었다.

다마리스는 다리를 쭉 펴고 바닥에 앉아 키오스코의 담벼락에 몸을 기댔다. 개는 그 옆에 엎드려서 허벅지에 머리를 올려놓았고 다마리스는 개를 쓰다듬는 데 열중했다. 루스밀라는 둘을 바라보며 고개를 절레절레 흔들고는 로헬리오에게 음료를 권할 겸 말을 걸었다.

"벌써 침대에서 개한테 밀려난 건 아니지? 점심때 보니까 제일 좋은 부위를 주던데."

루스밀라는 과장을 하고 있었다. 다마리스가 개에게 산코초 한 그릇을 주긴 했지만, 자기 몫에서 떼어낸 고기 한 조각에 껍질이 전부였다.

"아직은 아닌데. 도대체 뭐 하러 이미 정글 맛을 보고 사라졌던 저 짐승한테 시간을 낭비하는지 모르겠어. 내가 분명히 말했다고. 앞으로도 계속 도망칠 거라고."

로헬리오의 말이 맞았다. 개는 다마리스와 함께 로사 부인의 집에 갔던 날 다시 달아났다. 다마리스는 항상 그랬듯이 뒷마당에 개를 풀어놓고 집으로 올라갔다. 창문과 문을 열어 환기를 시키고, 모서리마다 거미줄을 치우고, 가구에 먼지를 털고, 부엌과 화장실을 닦고, 바닥을 쓸고, 바닥에 왁스칠을 하고 모든 공간을 연기로 소독했다. 그녀의 손은 뻣뻣하게 굳었고 화학약품 냄새가 났다.

일을 끝내고 집에서 내려갔을 때는 오후 4시쯤이었고, 개는 없었다. 겹겹이 낀 두꺼운 구름이 어찌나 낮게 드리워 있던지 땅을 납작하게 눌렀다. 공기는 묵직했고 다마리스는 흥분한 데다가 비가 오는 게 겁이 난 개가 집으로 돌아간 거라고 생각했다.

다마리스는 개한테 물을 좀 주고 싶은 마음에 지체하지 않고 개를 찾아 집으로 갔다. 개들은 오두막 밑에서 혀를 내밀고 있었다. 다마리스의 개만 빼고. 어디에서도 개를 찾을 수 없었다. 큰 집 밑에서, 계단에서, 정원에서, 키오스코에서…… 개를 찾아다녔다. 다마리스는 땀이 나고 무더위에 질식할 것만 같았다. 열을 식히도록 세탁장에서 물을 끼얹고 싶었지만 개를 찾는 것이 더 중요했다. 집 주변의 모든 공간에서 개의 이름을 큰 소리로 불렀고 산 쪽으로도 조금 들어가 계속해서 부르며 찾아다녔다. 맨발로 손전등도 없이 걷기에는 너무 어두워질 때까지 그렇게 돌아다녔다. 아무 소용 없이.

집에 돌아온 다마리스는 세탁장에서 몸을 씻었다. 걱정보다 화난 마음이 컸다. 개가 가버렸다는 것이, 이번에는 다른 개들의 영향을 받은 것도 아니고 혼자 그랬다는 것이, 이렇게 소리를 지르고 찾아다니도록 만들었다는 것이, 이 괴로움 속으로 몰아넣었단 것이, 무엇보다도 로헬리오가 옳았고 개가 제멋대로라는 것이 다마리스를 격노하게 만들었다. 그래서 로헬리오가 생선 꿰미를 들고 낚시에서 돌아왔을 때 아무 말도 하지 않았고 그가 눈치챌까 봐 밤에 개를 찾지도 않았다. 어찌나 분노가 컸던지 밤마다 보는 텔레노벨라도 보는 둥 마는 둥 했다. 로헬리오가 가져온 생선이 잘 있는지 확인한다는 핑계로 마지막으로 한 번 둘러보러 나가기로 했을 때는 이미 뉴스 프로그램이 나오고 있을 때였다.

구름은 저 너머로 사라졌고 밤은 쾌청하고 서늘하게 개어있었다. 저 멀리, 너무 멀어서 아무것도 들리지 않는 바다 위로, 주황색, 청색의 섬광과 함께 뇌우가 어둠 속에서 손톱자국처럼 내리꽂혔다. 개는 돌아와 있었다. 자기 침대에 있는 개를 보고 다마리스는 기뻤지만 표현하지 않았다.

"쉿, 못된 녀석!"

다마리스를 맞이하려 일어서는 개에게 그녀가 말했다. 개는 머리와 꼬리를 수그렸다.

"오늘 밤에는 밥 안 줄 거야."

다마리스는 위협했다. 하지만 바로 후회하면서 남겨둔 밥을 내주었다.

다음 날 아침 개는 매우 온순했고 다마리스 옆에서 한시도 떨어지지 않았다. 다마리스는 개를 용서했고 로헬리오가 틀렸으며 개에게 가망이 없는 건 아니라고 마음을 정했다. 그녀는 로헬리오가 보트를 매어 둘 때 쓰는 밧줄을 가져다 카누를 고정하기 위해 쓰는 것과 같은 매듭을 만들어 개의 목에 감은 후에 키오스코의 기둥 하나에 묶어놓고 옆에 앉아서 개가 달아나려 할 때까지 참을성 있게 기다렸다.

개가 움직이며 줄을 당기기 시작하자 다마리스는 개를 진정시키는 부드러운 목소리로 자신이 원하는 모든 것을 이야기하기 시작했다. 다시는 떠나지 말라고, 말 잘 듣는 개로 돌아오라고, 산에서 실종되었던 33일간의 허기와 공포를 기억하라고, 우둔하게 굴지 말고 그 고생을 했으면 좀 배우라고. 그때 산에서 오두막을 수리할 때 필요한 목재를 챙겨서 도착한 로헬리오는 그 장면을 놀라서 쳐다보며 말했다.

“개를 죽이고 싶은 거야?”

“왜 그런 말을 해?”

“그거 올가미매듭이야. 목이 졸릴 거라고!”

다마리스는 개를 풀어주려고 목덜미 쪽으로 황급히 손을 뻗었지만, 개는 필사적으로 움직이고 있던 터라 매듭은 더 조여들었고 꼼짝도 하지 않았다. 로헬리오는 다마리스를 떼어놓고 개를 제압하여 눕힌 후 마체테를 꺼냈다. 다마리스는 겁에 질렸지만 반응을 하기도 전에 로헬리오는 밧줄을 자르고 개는 풀려났다.

개가 진정하고 물을 먹고 난 후, 로헬리오는 다마리스에게 개를 묶는 법을 가르쳐주었다. 개가 풀려나지 않도록 올가미매듭을 사용하는 것은 괜찮지만 절대로 목에 걸어서는 안 된다고 했다. 그 대신 밧줄은 한쪽 어깨에서 반대쪽 앞다리 아래까지 이어져 반드시 개의 가슴을 지나가도록, 사람들이 가방을 가로질러 매는 것과 똑같이 묶어야 한다고.

다마리스는 일주일 동안 개를 묶어두었다. 해가 움직이는 걸 쫓아 그늘을 찾고 대소변을 해결하기 위해 키오스코 주변의 풀밭에도 갈 수 있을 정도로 밧줄은 길었다. 개가 물그릇을 비울 때마다 채워주었고 묶여 있는 기둥 옆에 밥을 주었다. 밤에는 흡혈박쥐가 물지 않도록 항상 그랬듯이 불을 켜두었다.

다마리스는 개를 풀어주기 전에 개의 눈을 들여다보며 "지켜볼 거야." 하고 말했다. 개는 야생마처럼 뛰쳐나갔고 다마리스는 개가 도망치리라 생각했다. 하지만 아니었다. 지친 개는 키오스코로 혀를 늘어뜨리고 돌아와 물을 마시고 다마리스 옆에 누웠다. 다마리스는 좋은 징조라 생각했지만 경계를 늦추진 않았다. 개에게서 눈을 떼지 않았고, 혹시 멀어지면 곁으로 불러들였고, 마을에 가거나 바빠서 신경을 쓰지 못하는 밤에는 묶어두었다.

하지만 다마리스가 다시 개를 믿게 되고 감시의 끈을 조금 늦추었을 때 개는 다시 도망쳤다. 이번에는 낮부터 밤까지 꼬박 하루를 돌아오지 않았고 그 이후로는 어떤 것도 소용이 없었다. 한 달 내내 묶어두어도, 온종일 풀어놓아도, 감시에만 온 힘을 다 쏟아도, 신경을 꺼버려도, 벌로 음식을 치워버려도, 평소보다 밥을 많이 줘도, 엄하게 다뤄도 애정을 퍼부어도 마찬가지였다. 아주 작은 기회만 있어도 개는 달아나서 몇 시간이고 며칠이고 사라졌다.

로헬리오는 아무 말도 하지 않았지만, 다마리스는 로헬리오가 '내가 뭐랬어.'라고 생각하고 있을 걸 견디기 힘들었고 개에 대한 원망이 쌓였다. 개가 또 없어졌던 어느 날, 다마리스는 키오스코의 개 침대를 빼내서, 엔진오일통과 부서진 휘발유통들이 모여 있는 절벽 아래 만의 쓰레기 더미로 던졌다. 더는 개를 쓰다듬지도, 제일 좋은 음식을 남겨주지도, 꼬리를 흔들 때 봐주지도, 잘 자라고 인사하지도, 키오스코에 불을 켜두는 것까지도 하지 않았다. 흡혈박쥐가 개를 물었을 때도 로헬리오가 핏자국을 가리키며 치료 안 해줄 거냐고 물었을 때야 겨우 눈치챘을 정도였다. 상처는 콧등에 있었고 피가 멈추지 않았다. 다마리스가 어깨를 으쓱하고 아침 커피 내리던 일을 계속하자 로헬리오는 오두막에서 구산트렉스 연고를 찾아와 직접 개에게 발라주었다.

상처는 잘 아물었고 이제는 로헬리오가 밤마다 키오스코에 불을 잘 켜두었는지 확인하는 사람이 되었다. 로헬리오가 개를 완전히 맡은 것은 아니었지만, 모르는 사람이 보면 개는 로헬리오가 키우고 다마리스는 동물을 싫어하는 사람이라 생각할 법했다. 다마리스는 점점 개의 존재 자체를 성가시게 느꼈다. 냄새가 나는 게, 몸을 긁는 게, 터는 게, 주둥이에 침이 매달려 있는 꼴이, 우기에는 키오스코 바닥과 수영장과 정원의 돌길에 진흙 발자국을 남기고 다니는 것이 짜증났다. 개가 집을 빨리 또 나가기를, 가서 돌아오지 않기를, 독사에게 물려 죽어버리기를 바랐다.

반대로 개는 이제 집을 나가지 않았고 차분해졌다. 다마리스가 있는 곳 어디든 그녀의 곁을 따라다녔다. 다마리스가 요리하거나 빨래를 개는 동안은 키오스코에, 큰 집을 청소할 때는 큰 집 아래에, 오후에 텔레노벨라를 볼 때는 오두막에 누워 있었다. 어느 날 다마리스는 지난 시절처럼 자기도 모르게 개를 쓰다듬는 자신을 발견했다.

"우리 개 예쁘기도 하지."

다마리스는 로헬리오가 들으라고 말했다.

"이제 철이 들었네."

오후 끝자락이었고 다마리스와 개는 계단 꼭대기에 앉아서 거대한 아나콘다처럼 바닷물이 빠르고 어둡고 고요히 밀려드는 만을 향해 있었다. 로헬리오는 오두막에서 꺼내 온 플라스틱 의자에 앉아 부엌칼로 손톱을 청소하고 있었다.

"그건 그냥 임신해서 그런 거야."

로헬리오가 말했다. 다마리스는 마치 복부를 한 대 얻어맞은 것 같았다. 숨을 쉴 수 없는 느낌이었다. 너무 완연한 사실이라 받아들이지 않을 도리가 없었다. 개의 가슴은 부풀어 있었고 배는 둥그렇고 단단했다. 로헬리오가 그것을 굳이 말해야 했다는 사실을 믿기 어려울 정도로.

다마리스는 슬픔에 휩싸였고 모든 것, 침대에서 일어나기, 식사 준비하기, 음식을 씹기를 하는 데 어마어마한 힘이 들었다. 인생이 작은 만이고 자신이 감당해야 할 것은, 발은 진흙에 묻히고 물은 허리까지 차오른 채, 혼자서, 완전히 혼자, 아이도 주지 않고 물건 깨는 데만 도가 튼 몸 하나 가지고 그 만을 건너야만 하는 것처럼 느껴졌다.

다마리스는 거의 오두막에서 나오지 않았다. 다마리스가 바닥에 펼쳐놓은 매트리스에 누워 텔레비전을 보면서 틀어박혀 시간을 보내는 동안, 밖에는 바다가 커졌다 작아지고, 비가 세상에 쏟아붓고, 밀림은 위협적으로 다마리스를 둘러싸고 있었지만 곁을 지켜주지는 않았고, 뭐가 문제냐고 묻지 않고 다른 방에서 자는 남편도 마찬가지였고, 그저 다마리스를 비난하려고 집에 오는 사촌도 마찬가지였고, 부에나벤투라에 가서 죽어버린 엄마도 마찬가지였고, 길렀던 개도 마찬가지였다.

다마리스는 개가 꼴도 보기 싫었다. 오두막 문을 열 때 점점 더 배가 불러오는 개를 마주치는 것은 고문이었다. 개는 언제나 거기 있으려고 했고 오두막에서 키오스코까지, 키오스코에서 세탁장까지, 세탁장에서 오두막까지…… 그녀를 졸졸 따라다녔다. 다마리스는 개를 쫓으려 했다. “저리 가.” 혹은 “저리 좀.” 하며, 한번은 개를 때릴 것처럼 손을 드는 시늉까지 했지만, 개는 놀라지도 않고 다마리스의 뒤에서, 새끼를 배어서 느리고 무거워진 몸으로 버티고 서 있었다.

비가 억수같이 내리던 밤이었지만, 오두막은 무더웠

다. 전기는 나갔고, 둘은 어둠 속에서 텔레비전도 없이 모기로 가득 찬 거실에 있었다. 로헬리오는 코코넛 껍질을 모아둔다는 걸 깜빡했고 모기들을 쫓아낼 방도가 없었다. 모기들에게 시달린 다마리스는 머리부터 발끝까지 시트로 두르고 비가 들이치지 않도록 닫힌 창문 옆에 놓인 플라스틱 의자에 앉아, 경야의 기도소리처럼 윙윙 반복되는 빗소리를 듣고 있었다. 로헬리오는 우비와 장화를 챙겨 입고는 오두막보다 사방이 뚫려 있어서 시원하게 비를 느낄 수 있는 키오스코에 있는 게 더 좋겠다며 나갔다. 그다지 많은 시간이 지나지 않았을 때 갑자기 문이 열렸다. 우비도 없이 홀딱 젖은 채로 로헬리오가 서 있었다.

"새끼들이 나오고 있어!"

로헬리오가 외쳤지만. 다마리스는 창문 옆에서 꼼짝도 하지 않았다.

"내가 신경이나 쓸 것 같아?"

다마리스가 말했다.

"너 진짜 꼬였구나. 네 개 아니야? 한때는 물고빨고 하지 않았어?"

다마리스는 대답하지 않았고 로헬리오는 다시 가버렸다.

다마리스는 다음 날 배가 고파져 점심을 준비하러 키오스코로 나가야 했을 때 강아지들을 보았다. 로헬리오는 급한 대로 자기 우비로 침대를 만들어주었고 개는 새끼들에게 젖을 먹이고 있었다. 각각 털색이 다 다른, 네 마리의 강아지였다. 도냐 엘로디아네 식당에서 다마리스와 마주쳤던 날의 개처럼, 너무나 작고 눈도 채 뜨지 못하는 무방비 상태였다. 강아지들에게서 우유 냄새가 났고 다마리스는 더 버티지 못했다. 향을 맡으려 코 가까이 하나하나 들어 올렸고 가슴팍에 끌어안았다.

알고 보니 개는 최악의 어머니인 것으로 드러났다. 둘째 날 밤 새끼 중 하나를 먹어버렸고 그날 이후로 남은 세 마리도 돌보지 않고 버려두었다. 수영장 옆 돌길에서 볕을 쬐거나 항상 시원한 세탁장에 늘어져 있기 위해, 집들 아래 다른 개들 옆에 눕든 어디라도 강아지들 곁만 아니라면 상관없다는 듯이. 다마리스는 개를 억지로 잡아다 키오스코로 다시 데려와 강아지들이 젖을 빨 수 있도록 눕혀놔야만 했다.

개가 충분히 젖을 주지 않아서 새끼들이 종일 빽빽 울어댔고 그렇게 2주쯤 되었을 때 다마리스는 결국 분유를 사줘야만 했다. 강아지들이 태어난 지 한 달도 되지 않았을 때 개는 다시 집을 나갔고 돌아오지 않아서 강아지들은 남은 밥을 먹는 법을 배웠다. 며칠이 지나 돌아왔을 때는 이미 젖은 말라 있었고 강아지들에게서는 완전히 손을 뗐다.

강아지들은 키오스코, 걸어 다니는 길, 계단을 가리지 않고 풀밭을 제외한 모든 곳에 대소변을 보았고 다마리스는 원래 하던 일 말고도 강아지들 뒤를 쫓아다니며 그들이 더럽힌 걸 치우고 다녀야 했다. 로사 부인 집을 청소하러 간 어느 날, 다마리스는 오후 내내 밖에 있느라 강아지들을 신경 쓸 여력이 없었다. 낚시에서 돌아온 로헬리오는 똥을 밟았고 다행히 슬리퍼 밑바닥만 더러워졌지만 격분했고 다음번에는 어떻게 할지 장담할 수 없다고 고래고래 고함을 질렀다.

로헬리오는 다시 똥을 밟지는 않았지만 며칠 지나지 않아 강아지 한 마리가 송곳니로 로헬리오의 발을 깨물려고 달려들었고 로헬리오는 강아지를 걷어찬 후 키오스코 벽에 던졌다.

"짐승 같으니라고!"

다마리스가 소리를 지르며 달려가 개를 들여다보았다. 한쪽 눈에만 하얀 안대를 두른 검은 털뭉치, 가장 장난꾸러기인 암컷 강아지였다.

로헬리오는 미안하다는 말도 하지 않고, 강아지가 어떻게 되었는지 뒤돌아보지도 않고 가던 길을 갔다. 벽에 세게 부딪힌 데다가 얼이 빠진 상태이긴 했지만, 개는 금방 돌아와 바로 또 장난치고 놀기 시작했다.

다음 날 다마리스는 강아지들에게 집을 찾아주는 일에 착수했다.

붉은 털에 큰 귀를 가진 수컷인 제일 큰 놈은 건넛마을로 넘어가는 등반길에 있는 관광객용 오두막에서 데려갔다. 엄마를 닮아 짧은 털이 잿빛인 또 다른 수컷은 돈 하이메의 부인의 자매 하나가 입양했다. 아무도 남은 암컷을 원하는 사람이 없었다. 지역에 수의사도 동물을 중성화할 방법도 없었고, 사람들은 발정기의 암컷을 신경 써서 돌보는 걸 싫어했고 새끼들을 책임지는 건 더욱 질색했다. 파도가 데려가도록 한배에서 나온 강아지나 고양이 새끼들을 절벽 아래쪽 만으로 던지는 걸 다마리스가 목격한 것만도 한두 번이 아니었다.

강아지들 보낼 곳 찾는 것을 도와주던 도냐 엘로디아는 다마리스에게 얼마 전 개를 잃었고 애초에 암컷을 키우고 싶어 했던 히메나를 상기시켰다. 둘뿐 아니라 주변의 누구도 히메나의 전화번호를 아는 사람이 없어서, 다마리스는 히메나가 관심이 있는지 물어보려고 건넛마을의 수공예품 가판대까지 찾아갔다.

히메나는 몹시 기뻐하며 승낙했고 다음 날 바로 개를 데리러 들르기로 했다. 절벽까지 오는 길을 몰랐던 히메나에게 다마리스는 오는 법을 알려주고 둘은 전화번호를 교환했다. 다마리스는 하루 종일 기다렸지만 히메나는 결국 오지 않았다. 휴대폰 잔액이 부족했던 다마리스는 돈 하이메의 통화판매용 핸드폰을 쓰기 위해서는 썰물 때를 기다리고 마을에서 장도 볼 겸 다음 날 아침까지 기다려야만 했다. 히메나는 전화를 받지 않았고 그날 오후도, 그 다음과 다음 날에도 강아지를 데리러 오지 않았다.

또 한 주가 지났다. 이 시기의 강아지는 끔찍했다. 큰 개들보다 밥을 더 많이 달라고 보챘고, 다마리스의 발을 시도 때도 없이 깨물었으며, 하지 말아야 할 곳만 골라서 똥을 싸대고, 의자 다리 하나, 다마리스가 가진 유일한 정장구두, 부엌 행주, 로헬리오의 낚시찌 할 것 없이 눈앞에 있는 건 닥치는 대로 망가뜨렸는데, 망가진 낚시찌는 로헬리오가 개를 혼낼까 봐 눈치채기 전에 다마리스가 절벽으로 던졌다. 로헬리오가 혹시 그 찌 못 봤냐고 물어봤을 때, 다마리스는 모른다 했고 로헬리오는 의심의 눈초리로 바라보았지만 아무 말도 하지 않았다.

마을에 있던 다마리스에게 부두에서 일하는 짐꾼이 다가왔을 때, 다마리스는 이제 왜 사람들이 강아지들을 바다에 던지는지 알 것 같다고 되뇌고 자기도 그렇게 해야 한다고 스스로를 납득시키려 애쓰던 터였다. 짐꾼은 다마리스가 강아지를 나눠주고 있다는 이야기를 들었다며 아직 남은 강아지가 있는지를 물었다. 다마리스는 암컷만 하나 남았다고 대답했다.

"제가 언제 데려갈 수 있을까요?"

그가 결연하게 물었다.

다마리스는 히메나가 더는 강아지를 원하지 않는지 확인전화를 해야 하나 생각했지만, 보통 통화판매업자들이 많은 부두 근처였는데도 불구하고, 전화를 하지 않기로 결심했다. 히메나가 전화를 받지 않고 짐꾼이 다른 사람에게 약속한 동물을 데려가기 그렇다고 마음을 바꾸면 어떻게 하나? 아니면 설상가상으로, 히메나가 전화를 받고 강아지를 데리러 가겠다고 예전처럼 철석같이 약속을 하고 또 지키지 않으면?

"원하면 지금 당장 데려갈 수도 있어요."

다마리스가 말했다.

바닷물이 빠지고 있었고 다마리스와 짐꾼은 물이 발목까지 차오른 만을 걸어서 건넜다. 짐꾼은 절벽에 와 본 적이 한 번도 없었다. 수영장과 정원, 바다와 섬들과 만이 보이는 전망을 입을 벌리고 탄복하며 바라보았다. 큰 집에 대해서는 한마디도 하지 않았다.

"근 20년째 주인들이 페인트며 뭐며 아무것도 보내지 않아요."

다마리스가 설명했다.

"서 있는 게 용하네요."

짐꾼이 말했다.

다마리스는 짐꾼에게 강아지를 건네고 그는 개를 쓰다듬으며 미소와 함께 떠났다. 다마리스는 짐꾼을 위에서 계속 바라보고 있었다. 얼굴에는 여드름 자국이 있고, 세상 모든 말라리아는 다 걸리고 생존해낸 병자처럼 비썩 마른, 너무나 못생긴 남자였다. 짐꾼의 아내는 다마리스보다 뚱뚱하고 남편보다 적어도 스무 살은 많았는데, 둘은 항상 손을 꼭 잡고 동네를 돌아다녔다. 분명히 두 사람이 강아지를 무척 사랑해줄 것이라고, 그도 아이가 없었으니까, 그리고 그래서 두 사람이 한마음으로 잘 지내는 것일까 다마리스는 자문했다.

히메나는 한 주가 더 지나도록 미적거리다가 나타났는데, 강아지를 데리러 가겠다고 말한 지 보름이 지난 후였다. 개 짖는 소리를 듣고 무슨 일인지 보러 나왔을 때, 다마리스는 오두막 화장실을 청소하던 중이었다. 개들은 계단 꼭대기에 가 있었다. 데인저는 털을 곤두세운 채 으르렁대고, 모스코와 올리보는 양 옆에 지원하듯 서서 짖어댔다. 히메나는 몇 미터 아래 마지막 층계참에서 꼼짝 못하고 있었다. 다마리스가 개들을 진정시키자 개들은 뿔뿔이 흩어졌고 히메나는 계단을 올라왔다.

썰물 때 걸어서 만을 건너온 히메나의 다리는 젖어 있었고 슬리퍼와 발은 진흙투성이였다. 거기다가 불안하고 땀으로 범벅이 된 상태였다. 건넛마을에서부터 걸어온 데다가 만을 건너고 계단을 오르고 개들이 놀래기까지 해서 완전히 녹초가 된 모양이었다. 다마리스는 물을 권했지만 히메나는 메고 온 배낭을 내보였다.

"여기."

히메나는 곧바로 초조한 듯 덧붙였다.

"내 강아지 데리러 왔어요."

다마리스는 표백제가 묻어 있던 손을 티셔츠에 슥슥 닦았다. 민망한 마음으로, 다마리스는 히메나가 오지도 않고 전화도 받지 않아서 다른 사람에게 강아지를 줬다고 설명했다.

"내 강아지를 다른 사람에게 줬단 말이에요?"

다마리스는 고개를 끄덕였고 히메나는 극심한 분노에 휩싸였다. 히메나는 자기 것도 아닌 동물을 남에게 준다는 건 용납할 수 없는 일이며, 다마리스가 개를 주겠다 하고 자신이 그러겠노라고 한 순간부터 더 이상 그 개는 다마리스 것이 아니고, 자신이 그 강아지를 얼마나 원했는지, 강아지를 키우게 된다는 사실에 얼마나 가슴이 부풀었는지 아주 잘 알고 있었으면서, 자신은 작은 침대도 준비해놓았고, 부에나벤투라에서 사료도 가져오는 방법을 다 마련해두었는데, 아니 적어도 지옥 마지막 관문보다 멀리 떨어져 있는 이런 빌어먹을 장소까지 이 좆같은 길을 헛수고하며 오지 않도록 미리 알려주는 예의라도 있었어야 하는 것 아니냐며 퍼부어댔다.

차분하게, 다마리스는 상스러운 말을 할 필요는 없지 않냐며 다시 사정을 설명하려 했지만 히메나는 아무 이야기도 듣고 싶어 하지 않았고 자기 쪽에도 책임이 있다는 건 조금도 받아들이려 하지 않았고 계속해서 말을 막았다.

"그럼 뭐 다른 개를 데려가면 되겠네요."

다마리스는 입을 다물고 바닥으로 눈을 내리깔았다.

"뭐지?"

상황 파악이 된 듯 히메나가 말했다.

"이제 없어요?"

다마리스는 고개를 저었다.

"원래 세 마리밖에 없었고, 이야기가 됐을 때는 암컷 하나만 남은 상태였어요."

히메나는 다마리스 머리 위로 모든 저주를 내리듯 쳐다보았고 다마리스는 그 시선이 지나치게 길게 느껴졌다.

"내 강아지를 다른 사람한테 주기 전에 나한테 전화를 했어야죠."

마침내 히메나의 입이 떨어졌다.

"그 생각을 하긴 했는데, 전에 걸었을 때도 안 받아서……."

"뭐요? 그러니까 이번에도 안 받을 것이다?"

다마리스의 목소리가 작아졌다.

"그게 아니라 이제 강아지한테 관심이 없는 줄 알고요."

"크게 잘못한 거예요. 나한테 전화를 했어야죠, 아실 만한 분이."

다마리스는 아무 말도 더 하고 싶지 않았다. 소용없는 일이었다. 히메나는 가려고 돌아서던 길에 계단을 올라오던 개와 딱 마주쳤다. 최근에 개는 산 속으로만 사라지는 것이 아니라 마을에도 내려갔다 오곤 했는데, 물을 그렇게 싫어하는데도 헤엄치는 법을 깨우쳐 조수가 가장 높을 때조차도 만을 건널 수 있게 되었다. 개의 다리는 진흙투성이에 온 몸에 물을 뚝뚝 흘리고 있었다. 어느새 화가 가라앉은 듯한 히메나는 다마리스를 쳐다보았다.

"얘가 강아지들 어미예요?"

"네."

다마리스가 대답했다.

"예쁘기도 하지. 내 강아지도 저렇겠지 상상했던 거랑 똑같아요. 빈손으로 돌아가는 게 정말 슬프네요."

히메나는 다시 가던 길을 갔다. 개는 다마리스에게

꼬리를 흔들었고 다마리스는 개를 증오했다. 일주일이나 밖에서 지내다가 이제 스치는 모든 것을 불결하게 하려고 돌아온 것이리라.

그날 밤 다마리스는 더 이상 적개심 없이 개를 응시했다. 이윽고 개를 묶었고 개가 새끼를 배기 전에 그랬던 것처럼 정성껏 쓰다듬어주기까지 했다.

이튿날 아침 다마리스는 개를 밧줄에 묶어서 데리고 마을로 내려갔다. 물이 다 빠졌을 때 바다와 하늘처럼 광활한 잿빛 해변을 함께 걸었다. 어부들은 배를 타고 바다에 나간 후라 해변에는 발가벗은 코흘리개 어린아이들 몇몇만 쓰레기더미 사이에서 놀고 있었다. 밤새도록 비가 맹렬하게 쏟아졌고 지금 내리는 보슬비 정도에는 아랑곳하지 않고 사람들은 거리로 나와 삶을 평상시와 다름없이, 마치 전혀 비가 내리지 않는 것처럼 활동했다. 비는 언제나 상쾌하고 깨끗해서 세상을 씻어내는 것 같았지만 사실은 세상 모든 것을 곰팡이, 이끼, 녹으로 덮어버리는 주범이었다. 나무줄기, 부두의 콘크리트 기둥, 가로등, 목조 주택을 떠받치는 말뚝, 판자로 된 벽, 아연과 석면으로 된 지붕…….

다마리스와 개가 나아갈수록, 떠돌이 수캐들이 주택과 레스토랑 아래에서 기어나와 개의 냄새를 맡기 위해 접근했고, 다마리스에게는 경악스럽게도 개는 모두에게 꼬리를 흔들어대며 알은체를 했다. 다마리스는 도냐 엘로디아가 식당에 없는 것을 보고 안도했다. 자신이 곧 하려고 하는 일을 설명할 자신이 없었기 때문이다.

다마리스와 개는 해변을 빠져나가 포장도로를 따라 올라가서, 줄지어 늘어선 집, 가게, 해변의 호텔보다 덜 쇠락한, 겉에 라카나 색색의 페인트칠이 돼 있으며 난초 정원이 딸린 작은 목조 호텔을 지나쳐, 군공항과 제철에는 고래가 뛰어오르는 것을 볼 수 있는 고래공원을 가로질러 건넛마을에 도착했다.

하늘은 여전히 흐렸지만 비는 더 오지 않았고 히메나는 수공예품 가판대를 차리고 있었다. 벨벳 천에 물건 하나하나를 어찌나 정성들여 진열하는지 자를 대고 줄을 그은 것 같았다. 히메나는 개와 함께 다가가는 다마리스를 갸우뚱한 표정으로 바라보다가 자기 앞에 멈춰서자 더 의아해했다.

“여기는 어쩐 일이에요?”

“얘를 주려고 데려왔어요.”

“이 개를요?”

히메나는 놀라서 되물었다.

“받아준다면요.”

다마리스가 대답했다.

“당연하지요.”

히메나는 감격해서 개를 쓰다듬기 위해 몸을 숙였다.

“우리 시몬이랑 자매인데 내가 안 받을 리가 있겠어요?”

하지만 갑자기 멈칫하고는 고개를 들어 다마리스를 미심쩍게 쳐다보았다.

“왜 나한테 주는 거죠?”

“나보다 얘를 더 좋아하니까요.”

히메나는 설명이 마음에 들었다.

“하긴 그쪽 집에 개들이 많긴 하지요.”

히메나는 다시 개를 쓰다듬으며 말했다.

"이름이 뭐예요?"

"치를리."

"안녀어엉, 우리 치들리."

히메나가 혀 짧은 소리를 내며 개의 머리와 등을 어루만졌다.

"안녀어엉 우리 귀염둥이 애기 강쥐. 잘 지내써?"

개가 꼬리를 흔들었다.

"묶어놔야 해요."

다마리스가 경고했다.

"적어도 자리 잡힐 때까지는요. 아니면 도망가버릴 거예요."

"당연한 말씀."

히메나가 말했다.

하지만 며칠 후 개는 절벽의 집으로 돌아왔다. 다마리스는 보고 있던 텔레노벨라를 멈추고 오두막에서 황급히 나가서 자기가 환영받고 있다고 착각하지 않도록 개를 쫓아 보내려 했다. 모든 종류의 위협적인 몸짓과 목소리를 내보았지만, 개가 다마리스를 무서워하지 않으니 큰 집 밑으로 들어가도록 만든 게 다였다. 빗자루로 개를 끄집어내려 하자 개는 막대가 긴 수영장 청소용 빨강 뜰채로도 닿지 않는 가운데 자리로 피해버렸다.

휴대폰에 잔액이 있었다면 다마리스는 히메나에게 전화해 개를 데리러 오라 하고 문제에서 손을 떼고 다시 텔레노벨라로 돌아갔을 것이다. 잔액이 없었으므로, 절망한 다마리스는 마음속으로 히메나에게 욕을 퍼붓는 데 매진했다.

"멍청한 할망구, 버릇을 잘못 들이니까 그 꼴이 난 거야. 잘 묶어두라고 내가 했어, 안 했어? 묶어뒀다고?"

히메나가 대답이라도 한 것처럼 말을 이었다.

"그렇담 제대로 안 묶었네. 모자라고 멍청한 게. 쪼글쪼글 폭삭 늙어서 그딴 매듭 하나 제대로 못 묶어?"

다마리스는 큰 집 주위를 뱅뱅 돌면서 한 손에는 수영장 청소용 뜰채를 쥐고 다른 손으로는 허공을 휘저으며 마치 누군가와 한창 언쟁이라도 하는 것처럼 얼굴이 붉으락푸르락 했다. 로사 부인 집에 풀을 베러 간 로헬리오가 그걸 봤더라면 다마리스가 미쳤다고 생각했을 터다.

갑자기 다마리스는 무엇을 해야 할지 깨달았다. 뜰채를 바닥에 아무렇지 않게 내던져놓고 세척장으로 가서 가장 큰 양동이에 물을 가득 채우고 얕은 그릇 하나를 찾아 들고는 큰 집으로 돌아가 개와 가장 가까운 지점에서 몸을 수그리고 물을 퍼서 뿌리기 시작했다. 물이 정통으로 맞지는 않고 겨우 살짝 튀겼을 뿐이었지만 개가 물을 너무나 싫어했던 터라 그것만으로도 거기에서 끄집어내기에는 충분했다. 개는 정원으로 달아났고 다마리스는 개가 방심할 때까지 기다렸다가 뒤에서 다가가 바로 위에서 양동이의 물을 비웠다.

식겁한 개는 경중 뛰어올라 다마리스를 개 특유의 혼란스러운, 아니 어쩌면 잔뜩 겁먹은 눈빛으로 바라보다가, 한때는 아군이었지만 지금은 반대편에 서서 가장 큰 배신을 저지른 다마리스로부터 슬금슬금 멀어지기 시작했다. 개는 꼬리를 숨기고 뒤를 조심하면서 계속해서 고개를 돌렸고 다마리스는 이제는 정말로 둘 사이에 돌이킬 수 없는 무엇인가가 깨졌다는 인상을 받았다. 기대와는 달리, 아팠다.

개는 그녀의 것이었다. 다마리스가 구조했고, 브래지어 안에 품었고, 먹는 법과 적당한 장소에 일을 보는 법과 성견이 되어 더는 다마리스를 필요로 하지 않을 때까지 행동하는 법을 가르쳤다. 다마리스는 개를 쫓아 온 정원을 누비다 계단까지 따라가서, 개가 계단을 내려가고, 물이 다 빠져나간 만을 건너고, 건너편에 도착해, 몸을 털고, 학교에서 돌아오던 아이들 사이로 걸어가고, 단 한 번도 뒤를 돌아보지 않고 마을 속으로 사라지는 것을 보았다. 다마리스는 울지 않았지만, 울기 직전이었다.

다음 날 아침 개는 키오스크에 돌아와, 항상 자기 침대가 있던 자리에 누워 있었다. 다마리스를 보자마자 일어나서 물러났다. 다마리스가 개를 잡기 위해 다가가려 하자 개는 밖에 비가 쏟아지고 있는데도 개의치 않고 키오스크에서 달려 나갔다. 그래서 다마리스는 이제 더는 개에게 아무 관심이 없는 척을 하며 밧줄을 숨기고 아궁이에 불을 피우고 더 이상 개를 쳐다보지 않고 커피를 준비하기 시작했다.

안에서 몸을 말리고 비도 피할 수 있는데, 지붕에서 미끄러져 내려오는 물이 튀어서 온 몸을 적시고 있는 키오스코의 돌출부 아래에 개가 오래 머무르지는 않을 터였다. 그 쪽으로 들어오는 입구는 바로 아궁이 옆에 있었고 다마리스는 침착하게 기다렸다가 거기에서 들어오는 개를 붙잡아 마치 소를 잡듯 목을 밧줄로 묶었다. 올가미 매듭을 조이며 개를 굴복시켰고 그러고 나서야 가까이 다가가서 밧줄을 느슨하게 풀고 로헬리오가 가르쳤듯 목이 졸리지 않도록 겨드랑이 아래로 밧줄을 지나가게 다시 묶을 수 있었다.

밤이 되자 최악의 소나기가 퍼부었고 기세가 아주 조금 약해지긴 했지만 도무지 금방 멈출 조짐이 보이지 않았다. 아직도 밀물이 들어오고 있었고, 나무 기둥과 가지들을 격렬한 속도로 쓸고 지나가고 있었다. 로헬리오는 꽤 한참 전부터 일어나 있었지만 오두막에서 나오지 않고 있었다. 다마리스와 개가 계단 쪽으로 지나가는 것을 보자 창문으로 고개를 내밀었다.

"나가는 거야?"

로헬리오가 놀란 목소리로 물었다.

다마리스는 그렇다고, 키오스코에 커피를 만들어놓았다고 답했다.

"어디 가는 건데?"

"개 데려다주고 장 보러."

"개를 어디에 데려간다고?"

"내가 개 줬던 부인한테."

"개를 줬다고? 왜?"

로헬리오는 영문을 모르겠다는 듯 다마리스를 바라보았다. 다마리스는 어깨를 으쓱했고 로헬리오는 다시 질문했다.

"비 그치고 썰물 날 때까지 못 기다리겠다는 거야?"

"응."

다마리스가 말했다.

로헬리오는 믿을 수가 없다는 듯 고개를 절레절레 흔들었지만 다마리스를 단념시키거나 설명을 구하려 하지 않았다.

"손전등에 넣게 건전지 네 개 가져와."

로헬리오가 말했다.

다마리스는 고개를 끄덕이고 개와 함께 계속 걸었다. 개를 데리고 카누를 타서 만을 건너는 건 불가능할 것이어서, 그들은 폭풍우가 남긴 잔해를 피하며 헤엄을 쳤다. 건너편에 도착했을 때 다마리스는 절벽 쪽을 돌아보았다. 로헬리오는 여전히 창가에서 그들을 바라보고 있었다.

다마리스와 개는 건넛마을까지 가는 내내 빗속을 걸어서, 흠뻑 젖은 채로 덜덜 떨며 도착했다. 수공예품 거리에는 아무도 없었다. 히메나도, 원주민들도. 다마리스는 몇 미터 앞쪽에 있는 커다란 가게로 갔다. 호리호리한 체구에 옅은 색 눈동자의 젊은 점원은 히메나가 다른 마을 너머까지 이어진 길고 긴 해협인 아라스트라데로 해협 근처에 사는 것 같다고 말했다.

아라스트라데로 쪽으로 우회하기 직전에 있는 다른 가게에서 다시 한번 물어보니 히메나는 우회로를 죽 따라가면 있는 작은 푸른색 집에 산다고, 부두로 내려가기 전 왼편에 보일 것이라 했다. 그때쯤에는 비가 잦아들어 보슬비로 바뀌었고, 히메나의 집에 도착했을 땐 완전히 멎은 후였다.

히메나의 집은 거짓말 같았다. 아라스트라데로에 가는 길 진창길 중간에 똑 떨어뜨려놓은 인형의 집 같았다. 알록달록한 색으로 페인트칠을 한 지 얼마 되지 않은 것처럼 보이는 그 집은, 벽은 강청색, 문과 창문, 발코니 난간과 지붕은 빨강색이었다. 문은 열려 있었고 안에서는 있는대로 크게 틀어놓은 레게톤 음악이 흘러나왔다.

다마리스는 발코니로 올라갔고, 거기서는 집안 내부가 들여다보였다. 부엌은 제일 안쪽에 있었고 거실과 통해 있었다. 거기에는 가스레인지 위에서 냄비에 든 것을 뒤섞고 있는 여자가 하나 있었다. 히메나 나이 정도 된, 어쩌면 조금 어리고 히메나와 닮은 여자였다. 거실에는 상의도 입지 않은, 맨발의, 마을에서 온, 두 흑인 소년이 소파에 널브러져 있었다. 하나는 땋은 머리에 속옷 차림이었고 다른 하나는 삭발에 블링블링한 걸 목에 걸고, 너덜너덜한 블루진을 입고 있었다. 히메나는 그들 맞은편 나무스툴에 앉아 한 손에는 맥주를, 다른 한 손에는 담배를 들고 있었다. 고개는 아래로 처박혔고 머리카락은 엉망이었다. 오전 9시 쯤 되었을 텐데 모두가 술이나 약, 혹은 둘 다에 취한 얼굴을 하고 있었다.

"안녕하세요."

다마리스가 인사했지만 아무도 듣지 못했다.

"똑똑."

더 큰 소리로 말했다.

속옷 차림의 아이가 돌아보았고 다마리스는 그를 알아보았다. 도냐 엘로디아의 손자였다. 아이가 히메나의 주의를 끌자 히메나는 문 쪽을 쳐다보았고 게슴츠레한 눈으로 다마리스와 개를 포착했다. 담배꽁초가 산처럼 쌓인 재떨이에 담배를 비벼 끄고 비척거리며 일어나, 가벼운 다리로 언제라도 날아갈 것처럼 그들에게 다가왔다. 도착해서는 문을 붙잡았다.

"내 새끼."

혀 꼬부라진 소리로 말했다.

"설마 그쪽 집에서 데려온 건 아니죠?"

"설마가 맞아요."

"아주 잠깐 깜빡하고 문 열어둔 사이에 사라졌어요."

"어제 낮부터 우리 집에 있었어요."

"내가 데리러 가려고 했는데요. 친구들이 집에 찾아

왔네?"

히메나는 남자애들을 가리켰다.

"개는 당신 책임이에요."

"나도 알아요."

"묶어두든, 가둬두든, 문을 항상 닫아두든…… 필요하면 뭐든지 하세요. 달아나게 두지 마시고요."

"안 그럴게요."

"다음번은 없길 바라는데, 만일 또 그러면 안 데려올 거예요."

취했을 때의 히메나는 유순하고 사근사근했다. 맨 정신일 때의 시비꾼은 온데간데없었다.

다마리스는 밧줄을 내밀었다. 히메나는 밧줄을 받아들고 개를 쓰다듬어주려고 몸을 숙였는데 바닥에 넘어지고 말았다. 다마리스가 집으로 떠나기 전 마지막으로 본 것은 헝겊인형처럼 바닥에 다리를 벌리고 앉아 있던 히메나와 다리 사이로 꼬리를 감추고 다마리스를 비통하게 바라보던 개였다. 도살장에 버리기라도 한 것처럼.

다마리스는 돈 하이메의 가게에 들러서 핸드폰 잔액을 충전하고 손전등용 여벌 건전지를 로헬리오 것까지 사고 식료품 장을 잔뜩 보았다. 그 주에 로사 부인네 집 일을 해주는 돈이 입금된 데다가 로헬리오는 걸그물로 물고기를 한가득 잡아서 조합에 좋은 가격에 넘긴 터라, 다마리스는 브래지어에서 꺼낸 축축한 지폐로 그날 산 모든 물건의 값을 치른 데다 그간 빚진 것까지 갚았고, 다음 주에 장볼 돈도 조금 남겼다.

밤에 다마리스는 열심히 요리를 했다. 생선을 튀기고 수프와 밥, 샐러드를 준비했다. 다음 날 로헬리오와 먹을 아침과 혼자 먹을 점심을 위해 일부분을 덜어두고, 나머지는 바람과 조수 어선에서 일하러 갈 로헬리오를 위해 도시락에 담았다. 몸통이 기다란 어선은 모든 채비를 다 끝 낸 채 승선을 기다리며 아래에 들어와 있었다. 다마리스는 만족스러웠다. 로헬리오가 며칠간 돌아오지 않을 가능성이 있었고 다마리스는 그 고독의 시간을 간절히 원했다.

로헬리오는 해가 뜨기 전에 나갔고 다마리스는 늦게까지 잤다. 그날은 아무것도 하지 않았다. 이미 요리도 해두어서 식사도 준비할 필요가 없었다. 오두막 거실에 매트리스를 깔고 드러누워 텔레비전을 보기 시작했다. 씻지도 않았고 화장실에 가고, 먹고, 개들이 오두막 문 앞에 진을 치고 집요하게 쳐다볼 때 개밥을 주기 위해서만 일어났다. 냄비 째로 밥을 먹었고, 자위를 두 번, 아침에 한 번 오후 늦게 다시 한 번 했고 밤이 되고 태풍 같은 바람과 지나치게 가깝게 떨어지는 번개를 동반한 무시무시한 폭풍우가 칠 때까지 모든 텔레노벨라, 뉴스, 리얼리티 쇼를 모조리 다 봤고, 전기가 나가버리자 다마리스는 잠이 들었다.

다음 날에는 폭풍의 조짐이 없었다. 다마리스는 활기차게 깨어나 큰 집 대청소를 하리라 마음먹고 짧은 레깅스에 일할 때 입는 빛바랜 민소매 블라우스를 입었다. 오전에는 욕실과 부엌 청소에 집중했다. 구석구석 샅샅이 청소하기 위해 찬장과 서랍을 다 비우고 식기와 가재도구 일체를 닦고, 창문 유리와 거울의 기름때를 제거하고, 싱크대, 샤워실, 세면대, 바닥, 벽을 박박 문지르고, 타일과 타일 사이사이 눈금까지 표백했다. 몇몇 타일은 가장자리가 부서져 있었고, 거울에는 습기로 인한 검은 점들이 잔뜩 찍혀 있었으며, 싱크대와 세면대는 군데군데 녹슬어 있었지만 그것 빼고는 윤이 났고 다마리스는 자신의 작품을 만족스럽게 바라보았다.

정오가 되자 다마리스는 키오스코로 가서 제일 좋아하는 음식을 만들었다. 달걀프라이를 곁들인 밥, 얇게 저며 소금을 뿌린 토마토와 구운 플라타노 베르데¶¶¶. 다마리스는 폭풍이 지난 뒤의 푸르고 차분한 바다를 바라보며 천천히 식사를 했다. 그리고 레예스 가족을 생각했다. 언젠가는 돌아와야 할 텐데, 꼭 이런 날 돌아오길, 한창 청

¶¶¶ plátano verde. 일명 요리용 바나나라고 부르는 식재료로 주로 굽거나 튀겨서 먹는다. 후식용 바나나보다 크며 녹색으로 달지 않다.

소가 진행 중인 큰 집과 땀과 기름이 절은 채 짧은 레깅스와 작업용 민소매 블라우스를 입은 자신을 보게 되길 바랐다. 그래서 그들이 한 푼도 주지 않을 때에도 자기가 열심히 일하고 있었다는 것을, 좋은 사람이라는 것을 알아차리도록.

다마리스는 죽은 니콜라시토를 생각했다. 그의 미소, 얼굴, 수영장에서 하던 재주넘기…… 내기를 했던 날은 사뭇 진지하게 마치 어른들처럼 악수를 나누었고, 니콜라시토가 자기 방 커튼과 침구에 그려진 그림 속 동물과 소년은 제일 좋아하는 영화에 나온 거라고, 제목은 정글북이라고, 책으로도 있고, 정글에서 길을 잃은 소년의 이야기이고, 동물들이 그 소년을 구한다고 설명했던 때,

"아이를 동물들이 구한다고?"

어리둥절한 다마리스의 물음에 니콜라시토가 그렇다고, 표범이랑 늑대 가족이 구해 준다고 말했을 때 다마리스는 그건 말도 안 된다며 웃음을 터뜨렸다.

행복해 보일지 몰라도, 언제나 다마리스를 같은 곳으로 데려가는 끔찍한 기억이었다. 하얗고 홀쭉한, 절벽 앞의 니콜라시토.

"니콜라시토를 데려가버린 망할 파도."

다마리스는 읊조렸다. 아니, 망할 다마리스. 그를 막지 않은, 저지하지 않은, 거기 그냥 있던, 아무것도 하지 않은, 비명조차 지르지 않은.

다마리스는 마치 시간이 지나지 않은 것처럼 되살아나는 죄의 무게를 느꼈다. 레예스 가족의 고통, 삼촌의 매

질, 절벽을 잘 알고 얼마나 위험한지도 알았으면 비극을 막을 수 있었을 걸 아는 사람들의 시선, 몇 달이 지나고 잠들기 전 한 밤의 어둠 속에서 다마리스가 니콜라시토를 부러워했다고 넌지시 암시하던 루스밀라의 말.

"니콜라시토는 장화가 있었으니까."

루스밀라의 말을 들은 다마리스는 격분했다.

"니콜라시토를 부러워한 건 너였지."

다마리스는 이 말을 마지막으로 루스밀라가 사과할 때까지 다시는 말을 걸지 않았었다.

다마리스는 광택 콘크리트 바닥을 뚫어지게 쳐다보며 잠시 멍하니 자신을 엘리에세르 삼촌에게 맡기고 부에나벤투라로 갔던 그날의 엄마를 생각했다. 다마리스는 네 살이었고 물려받은 원피스는 작았고, 두 갈래로 땋은 머리카락은 안테나처럼 정수리에 솟아 있었다. 부두도, 고속 모터보트도 없었던 시절 일주일에 한 번 오는 배가 전부였고, 사람들은 해변에서 카누를 타고 나가 배에 오르곤 했다. 다마리스와 삼촌은 모래사장에 있었고 다마리스의 엄마는 파도가 부서지는 곳에 바짓단을 걷어 올리고 서 있었다. 아마 배로 태워다줄 카누에 올라타려는 순간이었을 텐데, 다마리스의 기억에 각인된 것은 시야에서 없어질 때까지 바다 속으로 걸어 들어가며 멀어지는 엄마의 모습이었다. 언제나 다마리스를 외롭게 하고 울리는 다마리스의 가장 오래된 기억 하나였다.

다마리스는 눈물을 훔치고 일어났다. 설거지를 하고 다시 큰 집에 일을 하러 돌아갔다. 거실과 방들을 돌아다니며 커튼을 뗐다. 세탁장에 모두 가져가서 항상 더 조심히 정성 들여 세탁하는 죽은 니콜라시토의 커튼만 따로 빼두었다. 커튼 빨래는 노력과 근육을 필요로 하는 고된 일이었는데, 그중에서도 거실 커튼은 거대했다. 바닥에서 천장까지, 그리고 이쪽 벽에서 저쪽 벽 끝까지 나 있는 대형 유리창을 덮는 크기였기 때문이다. 세탁장은 크지 않아서 커튼을 부분부분 나눠서 빨아야만 했다. 등을 구부리고 양손으로 힘껏 비벼서, 거품이 때를 빼내고 깨끗한 물이 나올 때까지, 그렇게 커튼의 모든 부분을, 다마리스의 등은 쑤시고, 굼뜬 남자 손은 쉬지 않고 커튼을 문지르고, 그 일을 한다고 자신에게 한 푼도 떨어지지 않는다는 사실을 생각하며, 니콜라시토를 부러워했던 것은 사실이라고, 하지만 장화 때문도, 새로 산 티셔츠나 아기 예수가 가져다준 장난감, 정글북 커튼과 침구처럼 그가 가진 예쁜 물건들 때문도 아니라, 니콜라시토가 부모님이랑 살았기 때문에, 루이스 알프레도 씨가 아들에게 "대장, 팔씨름 한 판 하자." 하고는 언제나 져주었고 엘비라 씨는 니콜라시토가 다가가면 웃었고 헝클어진 머리를 손으로 다듬어 주었기 때문이었다고 생각했다. 그리고 그녀는 사람들의 기분 나쁜 시선 전부를, 모든 의심과 비난을, 엘리에세르 삼촌의 매질을 받을 만 했다고, 더 많이 더 격렬하게 맞았어야 했다고 되뇌었다.

빨래를 마쳤을 땐 해가 질 무렵이었고 다마리스는 녹초가 되었다. 바다는 끝이 없는 수영장처럼 여전히 잔잔했지만 다마리스는 현혹되지 않았다. 그 잔잔한 바다가 사람들을 삼키고 뱉은 바로 그 사악한 동물과 같다는 것을 그녀는 잘 알았다. 다마리스는 세탁장에서 몸을 씻고 키오스코의 빨랫줄에 커튼이 잘 마르도록 널어두고 냄비에 있던 남은 밥을 해치웠다. 개들을 본 지 오래라는 걸 깨달은 다마리스는 밥을 주려고 찾아다녔지만 개들은 어디에서도 보이지 않았다. 다마리스는 오두막으로 가서 작업복을 갈아입지도 않고 텔레비전 앞 매트리스에 잠시 쉬려는 생각으로 누웠지만 텔레노벨라 중간에 한 번 깨는 일도 없이 아주 깊이, 죽은 듯이 잠이 들었고 다음 날 아침까지 깨지 않았다.

간밤에 비가 내리지 않았고 그날 아침엔 날씨가 아름다웠다. 다마리스는 밤새 켜져 있던 텔레비전을 끄고 해가 들도록 오두막의 창문을 다 열고는 커피를 만들 생각으로 키오스코로 향했다. 그곳에서 다마리스는 얼어붙었다. 죽은 니콜라시토의 커튼이 바닥에 떨어져 진흙에 더럽혀지고 갈기갈기 찢어져 있었다. 다마리스는 커튼을 주으려 몸을 숙였고 천 조각 하나를 손에 쥐어들었다. 도저히 수선해서 쓰는 것이 불가능한 수준으로 조각나 있었다. 니콜라시토의 정글북 커튼이 말이다!

그때 개를 보았다. 키오스코 안쪽에서, 손대지 않은 채 잘 널려 있는 다른 커튼들 뒤의 아궁이 옆에 개는 누워 있었다. 분노에 가득 찬 다마리스는 보트를 묶어두는 밧줄을 집어 들고 올가미 매듭을 만들어 수영장 쪽으로 키오스코를 빠져나가 빙 돌아서 아궁이 옆쪽으로 다시 돌아들어간 뒤, 개가 무슨 일이 일어나는지 눈치채기 전에 뒤에서 개의 목에 던졌다. 그리고 매듭이 조이도록 밧줄을 당겼는데, 그만 멈추고 밧줄을 벗긴 후 다시 가슴께에 둘러 묶는 대신, 마치 눈에 비치는 광경을 인식하지 못하고 유일하게 개의 부푼 젖가슴만 인식하고 있던 그의 눈앞에서 개가 몸을 뒤트는 동안, 온 힘을 다해 계속해서 매듭을 조이고 또 조였다.

"또 임신을 했어."

다마리스는 읊조리며 전력을 다해 밧줄을 조이면서, 개가 까부라져 쓰러져 바닥에 몸을 말고 더는 움직이지 않게 되고도 한참을 조이고 또 조였다. 독한 냄새를 풍기는 노란 오줌 웅덩이가 천천히 다마리스 쪽으로 퍼져서 점점 더 커지고 엷어지다가 다마리스의 맨발에 닿았다. 비로소 다마리스가 반응했다. 밧줄을 느슨히 하고, 오줌 웅덩이를 피해서 개의 다리를 만져보려 다가갔고, 개가 움직이지 않자, 자신이 한 짓을 받아들여야 했다.

망연자실한 채 밧줄을 풀고, 죽은 개와 넓게 퍼진 오줌 웅덩이, 뱀처럼 바닥에 늘어진 밧줄을 바라보았다. 모든 것을 두려움으로 관찰했고, 동시에 인정하기보다는 다른 감정 뒤로 묻어두는 것이 낫다는 일종의 만족감도 가지고 있었다. 진이 빠진 다마리스는 바닥에 주저앉았다.

얼마나 그렇게 있었는지 몰랐다. 영원히 그렇게 있던 것 같았다. 다마리스는 개의 목에 감긴 밧줄을 느슨하게 하려 네 발로 개에게 기어갔다. 마음처럼 되지 않았고 또 다른 영겁의 시간이 흐른 후, 큰 칼을 가지고 와 밧줄을 잘랐다. 개는 풀려났고 다마리스는 개를 쓰다듬고 싶은 욕망을 느꼈지만, 그러지 않았다. 그저 바라보기만 했다. 개는 잠들어 있는 것 같았다.

그러고 나서 다마리스는 아까의 씨름으로 욱신거리는 팔로 개를 안고 산으로 향했다. 계곡을 지나서 나뭇잎과 과보나무****의 하얀 털이 달린 꽃이 뒤덮인 바로 옆, 깊은 밀림 속에 개를 내려놓았다. 다마리스와 죽은 니콜라시토, 루스밀라가 과일을 따러 셀 수 없을 만큼 오르락거렸던 나무였기에, 다마리스에겐 좋은 기억을 불러일으키는 아늑한 공간이었다. 떠나기 전, 다마리스는 기도하듯 얼마간 개를 바라보았다.

다마리스는 죽은 니콜라시토의 망가진 커튼을 접어 비닐봉지에 넣고, 니콜라시토 방의 옷장 속, 그의 옷과 나프탈렌 공 사이에 보관했다. 다마리스는 허전한 창문을 보는 게 괴로웠고 죽은 아들의 방에 들어가서 커튼이 사라졌다는 것을 깨달을 때 레예스 부부의 반응을 상상하니 마음이 아팠다. 분명 다마리스에게 "그 녀석 딱 저런 짓을 할 줄 알았어." 같은 말을 할 로헬리오에 대해서 생

**** guabo. 파카이과로 알려져 있는 중남미 식물. 부드럽고 커다란 콩이 열려 아이스크림 콩나무라고도 부른다.

각하며, 다마리스는 창문을 가릴 낡은 시트를 찾으러 가며 읊조렸다.

"망할 개 같으니라고. 당해도 싸."

아직도 큰 집 청소는 끝나지 않았다. 옷장 정리, 나무 바닥 왁스칠, 침구 빨래가 남았지만 그날은 어떤 일도 더 할 기운이 남아 있지 않았다. 요리하거나 먹을 힘조차 남지 않았고 개들도 돌아오지 않아서 개들 밥을 챙겨줄 필요도 없었다. 다마리스는 매트리스에 드러누워서 다시 하루 종일 텔레비전 앞에서 빈둥거렸고, 비가 내리고 전기가 나간 후, 밤이 이슥해졌는데도 잠들지 못했다.

소나기는 강하게 퍼부었지만 바람이 없어서 고르게, 수직으로 석면지붕을 망치질하듯 두드리며 다른 모든 소리와 감각을 삼켰고, 다마리스는 단 1분도 더 견딜 수 없을 것 같았다. 개가 버티던 것, 밧줄을 조이려고 팔을 꺾고 개를 굴복시키려고 온 힘을 다해 줄을 당기던 자신, 더는 저항이 없을 때까지 밧줄을 조여가던, 아까 있었던 일들을 머리에서 떨쳐낼 수가 없었다. 그래, 그것은 죽이는 일이었다. 다마리스는 어렵지도, 너무 오래 걸리지도 않았다고 생각했다.

그러자 다마리스는 남편을 도끼로 썰어 조각낸 후 호랑이에게 던져준 여자 이야기를 기억해냈다. 뉴스에서는 호랑이를 재규어라고 불렀지만. 바호 산후안 보호구역에서 일어난 일이었고, 호랑이는 우리에 갇혀 있었다. 여자는 남편을 죽이지 않았고, 남편은 독사에게 물려 이미 죽었다고, 사는 곳이 고립되어 있었고 소통의 방법도 없어서 시신을 어떻게 해야 할지를 몰랐다고 말했다. 밀림의 땅이 점토질이라 시신을 묻을 수가 없었고, 너무 딱딱해서 필요한 크기로 구멍을 파는 것이 불가능했으며, 바다에 던지거나 콘도르들이 먹도록 놔두기보다는 항상 배가 고팠던 호랑이에게 주는 것이 낫다고 생각했다고. 아무도 그 말을 믿지 않았다. 남편의 몸을 조각내서 호랑이에게 먹일 수 있는 여자라면 분명히 분노로 가득 차 남편을 죽인 게 틀림없다고 말이다.

경찰이 산후안에서 부에나벤투라로 여자를 데려갔을 때 마을을 경유했고 모두가 여자를 보러 부두에 몰려들었다. 수갑을 차고 길고 검은 머리가 얼굴에 드리워져 있었지만, 그래도 모두가 여자의 눈을 볼 수 있었다. 커피색의 평범한 눈으로, 다른 상황에서라면 누구도 기억하지 못했을 여느 백인 여자의 눈이었다. 하지만 절대로 내리깔지 않던 그녀의 시선만은, 감히 그녀와 마주하던 모든 것을 받아내던 그 시선은 너무나 강인해서 다마리스는 잊은 적이 없었다. 그것은 살인자의 시선, 다마리스가 지금 가지고 있을 것이 틀림없는 바로 그 시선, 후회하지 않는, 짐을 벗었다는 안도감을 느끼는 이의 시선이었다.

히메나는 개를 돌보지 않았고, 개는 다시 새끼를 뱄고, 계속해서 도망갔을 것이고 아무리 다마리스가 많이 되돌려놓는다 해도 상관없이 자기 집이라고 생각하는 곳으로 돌아왔을 것이었다. 키오스코에서 결국 새끼를 낳았을 것이고 또다시 다마리스는 강아지들을 책임져야만 했을 것이다. 개는 이미 나쁜 엄마임이 입증되었으니, 개들을 또 버려두었을 것이고, 이번에는 몇 마리나 태어났을지 누가 알 것이며, 그중에 아무도 원하지 않을 암컷은 도대체 몇 마리였을 것인가. 그렇다면 이번에는 정말로 다마리스가 새끼들을 바다에 던지게 될 것이며, 그건 죽이는 것과 매한가지고, 한 마리로 다 해결될 일을, 여러 마리를 죽이게 되는 셈이니까.

개를 두고 온 장소는 완벽했다. 사람들이 다니는 길에서 떨어져 수풀에 가려져 있었고, 아무도 그 쪽으로는 가지 않았다. 마을 사람들은 콘도르가 나타나면, 설사 콘도르가 왔다는 걸 알아차린다 해도 주머니쥐라든가 사슴이라든가, 아니면 라데스펜사 근처에서 예전에 죽었던 나무늘보라든가, 어떤 야생동물이 죽었다고 생각할 것이었다. 게다가 그 밀림에서는 사체에 뼈만 남는 데 사흘, 기껏해야 나흘이면 충분할 것이어서, 다마리스가 수습해서 아무도 눈치채지 못하게 바다에 던지면 되었다. 밤의 썰물이 아주 멀리 데려갈 수 있도록. 다마리스는 자신이 개의 잔해를 없애버린 후에 로헬리오가 도착하게 해달라고 빌었다. '당연하지.' 다마리스는 낙관적으로 생각했다.

그리고 만일 히메나가 개에 대해 물어본다면, 틀림없이 언젠가는 그럴 것이므로, 다마리스는 개를 못 봤다고 대답할 계획이었다. '왜 그러세요?' 모르는 척하며 되물을 것이었다. "아니 밖에 나간 지 얼마나 되었는데요? ……그렇게나 오래!" 대답을 들으면 소리를 지르리라. "그런데 오늘에서야 개를 찾으러 온 거예요? 정말 무책임하시네요. 그 불쌍한 개가 어디서 어쩌고 다닐지 누가 알아요. 이렇게 소홀히 할 줄 알았더라면 절대 개를 드리지 않았을 거예요."

다마리스는 개의 회색 털을 알아보는 만 근처의 이웃들 중 누구라도 그날 아침 절벽을 오르는 개를 보지 못했기를, 아니면 히메나가 개에 대해 물ㄱ 늘어지면서 지난번처럼 흥분하거나 설상가상으로 예전에 아무 증거도 없이 자기 개를 독살했다고 이웃들을 의심했던 것처럼 나오지 않기만을 바랐다.

뭐 하러 히메나에게 전화번호를 알려줬을까? 다마리스는 자책했다. 개가 다시 도망가면 데려다주지 않겠다는 그런 말을 뭐 하러 했을까? 개를 데리러 오는 게 히메나의 의무라고 뭐 하러 강조했던 걸까? 그 여자가 집에 나타나는 것만은 막아야했다. '설마 그럴 리가.' 다마리스는 스스로 마음을 다스렸다. "분명 그 남자애들이랑 같이 술이랑 약에 절어 있을걸."

소나기와 어둠은 동시에 희미해져갔고 다마리스는 날이 완전히 밝아졌을 때 일어났다. 한숨도 자지 못했지만 피곤하지 않았다. 키오스코에 도착하자마자 매캐하게 농축된 오줌 냄새가 다마리스를 덮쳤다. 웅덩이를 청소하는 것을 깜빡했다. 커피를 준비하는 대신 세제와 청소도구를 가지러 세탁장으로 갔다. 네 발로 엎드려 바닥을 닦았다. 개가 오줌을 눈 자리뿐 아니라 키오스코 전체를 닦은 후에 대걸레로 물기를 닦았다. 청소기를 돌렸다. 냄새는 전혀 줄어들지 않은 것 같았고, 다시 또 닦기 전에 혹시 냄새가 나는 게 자신인지 알아보려고 다마리스는 먼저

씻기로 했다. 바닥을 닦는 동안 손, 무릎, 레깅스가 더러워졌기 때문이다.

다마리스는 세탁장으로 가서 바가지로 물을 퍼 끼얹기 시작했다. 여전히 오줌 냄새가 느껴졌다. 세탁용 푸른 비누로 온 몸을 문지르고 헹궈냈다. 냄새는 사라지지 않았다. 그러다 머리를 빗거나 뾰루지를 짤 때 쓰는 사각 거울을 찾아서 손에 쥐었다. 그 거울에서 남편을 토막 낸 여자의 시선이 보이는지 알고 싶었고, 정말 그런 것 같았고 사람들이 자길 알아보고 자기가 한 일을 눈치챌 것만 같았다. 이제 다마리스는 뱃속에 강아지들을 가득 품은 개를 죽인 넓적하고 거친 자신의 두 손을 바라보았고 그 손에서 밧줄 자국을 본 것만 같았다. 불안에 떨며 하늘에 빌기라도 하듯, 다마리스는 위쪽을 응시했다. 콘도르들이 와 있었다.

콘도르 몇몇은 개를 두고 왔던 구역 위에서 원을 그리며 날았고, 나머지는 과보나무 근처의 죽어가는, 하지만 매우 높은 나무의 가지에 자리 잡고 앉아있었다. 나무의 콘도르들은 몸을 구부리고 마치 누군가가 신호만 주면 당장 돌진할 준비가 된 것처럼 아래쪽을 바라보고 있었다. 죽은 호수에 씨나 죽은 나무늘보 때 모여들었던 것보다 훨씬 많은, 지나치게 많은 콘도르가 있었다. 여전히 젖은 채 오줌 냄새를 맡던 다마리스는 마을에서 콘도르를 감지한 사람이 있는지 보기 위해 세탁장을 나와 정원과 계단 쪽으로 향했다.

다마리스는 고개를 내밀었지만 사람들이 가장 많이

모여들 있는 해변이나 부두를 살펴보지 못했고, 만 옆의 집들조차 보지 못했다. 그녀의 눈에 맨 처음 들어온 것은 바로 반대편 연안에 있던 히메나였기 때문이다. 밀물이 들어오고 있었고 히메나는, 바짓단을 접고 카누에서 자리를 잡는 중이었다. 만 주변에 사는 어부 중 한 명이 절벽 방향으로 노를 젓기 시작했고 히메나는 쉬지 않고 말하고 있었다. 건넛마을 소문의 쓸데없는 디테일이라든가 햇살 좋은 그날 아침 날씨의 경이라든가, 어떤 얘기라도 할 수 있었지만 다마리스는 히메나가 개에 대해서 이야기하는 것만 같았고 어부가 그 전날 절벽을 올라가는 개를 봤었다고 대답하는 것 같았다. 다마리스는 숨고 싶었지만 어부는 위쪽을 가리켰고 두 사람은 고개를 들어 콘도르로 검게 드리워진 하늘을 올려다보았다. 그리고 둘은 숨기는커녕 아무것도 할 시간이 없었던 다마리스도 보았다. 히메나는 인사라고 할 법한 제스처로 손을 들었는데 다마리스에게 위협으로 다가왔다. 다마리스는 어찌할 바를 몰랐다.

처음에는 거기에서 히메나가 올 때까지 기다리다가 두 손과 살인자의 눈빛을 보여주고 오줌 냄새를 눈치채게끔 하고, 자신의 잘못을 받아들이고, 그에 상응하는 벌까지 받아들이자고 생각했다. 하지만 히메나도, 마을 사람들도 제대로 자신을 벌하지 못할 것이라고 다마리스는 스스로에게 말했다. 그래서 어쩌면 산으로 가야 한다고, 맨발에 짧은 레깅스에 해진 민소매 블라우스만 겨우 입은 채, 라데스펜사보다 멀리까지 걸어서, 물고기 양식장과 해군작전지역을 지나 로헬리오와 함께 돌아다니던 장소들과 미처 가지 못했던 곳들까지, 개처럼, 니콜라시토의 커튼 속 소년처럼 길을 잃고 사라지기 위해, 밀림, 가장 끔찍한 저기 저곳으로.

10년 전쯤 여행지의 바다에서 죽을 뻔한 적이 있다. 순식간이었다. 얕은 물에서 놀다가 파도에 휩쓸렸고, 옆에 있던 사람들이 점점 멀어져 작은 인형처럼 보일 때까지 떠밀려가기 시작했다. 그때 거의 소년에 가까운 청년 하나가 알지도 못하는 나를 구하러 헤엄을 쳐서 와주었다. 하지만 그 역시 맨몸이었고, 이제는 두 사람이 물에 빠져 허우적거리는 모양이 되었다. 그 뒤에 다른 사람들이 카누를 타고 우리를 구하러 왔고 나는 무사히 구출되었다. 그날 이후 종종 깊은 바다에 빠지는 꿈을 꾼다. 발밑의 물이 얼음처럼 차가워지고 귀가 아프도록 먹먹한 바다의 적막 속으로 가라앉게 되리라는 것을 일순간 깨닫는다. 나는 두려움에 압도된다. 그리고 꿈에서 깨어난다.

어린 다마리스를 생각하며 저 바다를 떠올렸다. 얼른 그날의 매를 맞으려 삼촌의 곁에서 기다리는, 한 번도 울지 못한 아이. 그 아이의 세계 전부를 채우는 거대한 고독과 절망과 수치심을 생각했다. 혹독하고 척박하고 매정하고 언제나 그 무엇보다 더 큰, 바다와 밀림을 생각했다. 그렇게 홀로 바다와 밀림에 둘러싸인 채 어른이 된 다마리스의 삶에 개가 나타난다. 그리고 "개는 그녀의 것이었다."라는 한 문장에 담겨 있는, 담길 수 없이 수없는 이야기들이 시작된다.

라 뻬라(la perra)는 스페인어에서 개의 여성형 명사로 암컷인 개를 지칭하는 말이다. 스페인어로 개를 뻬라라 부를 때는 다른 의미가 끼어들지 않는다. 그저 수컷은 뻬로, 암컷은 뻬라라 부를 뿐이다.(물론 추상적인 개는 남성형인 뻬로다.) 한국말로는 개가 암컷이라도 매번 성별을 밝혀 '암캐'라고 부르는 사람은 없다. 그래서 '뻬라'는 대부분 그저 '개'로 옮길 수밖에 없었지만, 동시에 여성에게 쓰는 욕이기도 하므로 제목에서는 남겨두어야만 했다. 아마도 이 제목을 듣고 그 생각을 하지 않기는 어려울 것이다. 섹스를 파는 여자, 감히 원하는 여자, 자식을 돌보지 않는 여자, 나돌아다니는 여자. 여러 남자와 관계를 맺고 난잡하고, 그리하여 나쁜 여자. 그러니까, 여자.

필라르 킨타나와 그녀의 소설을 만나게 해준 쪽프레스와 김미래 편집자께 진심으로 감사드린다. 번역하다 보면 같은 부분을 하도 많이 읽어서 감정적으로 무뎌질 때가 흔한데, 이 책을 번역하다 갑자기 눈물이 차올라서 멈추고 쉰 기억이 난다. 마지막 문장을 번역하고 소용돌이치던 마음도. 다마리스와 같은 대명사를 공유하는 개 역시 '그녀'라 옮기고 싶은 충동을 느꼈지만 실행하지 못한 아쉬움을 전하며, 여기 여자와 밀림의 이야기를 내려둔다.

— 옮긴이 최이슬기

졸음이 밀려올 정도로 성격이 느긋하고, 덩치는 엿가락처럼 늘어져서 몇 행이고 몇십 행이고 뻔뻔하게 지면을 잡아먹는 그런 소설을 좋아한다. 그런 책들은 언제 들추어도 머리를 휘젓지 않고 생활을 방해하지 않아서, 아주 몰입된 적 한 번 없이도 어느샌가 책모서리가 부드럽게 휘어지고 종이 끄트머리는 벌써 몇 겹으로 나뉘어 있다. 책들, 다 읽지 않고도 읽었다고 착각시키는 걱정 없고 조용한 책들로 가득 찬 낡은 나의 장 안쪽에 『암캐』가 들여진다면. 박힌 책들과 박힌 먼지들과 박힌 그 풍경은 타고난 느긋함을 잃고 만다. 아직 인쇄되지 않은, 만져진 적 없는 『암캐』는 구김 하나, 온기 하나 없이, 장과 벽에 기대지 않고, 갈피도 끼이지 않고 그저 서 있다.

— 편집자 김미래

『암캐』는 남미에서 생활하는 흑인 여성의 일상에 스민 불평등과 인간의 모순된 내면을 아주 솔직하게 서술한다. 지나칠 정도로 개를 보호하려는 마음, 어린 시절 자신과 동일시한 니콜라시토의 죽음을 목격한 충격, 갑자기 떠나고 제 맘대로 돌아오기를 반복하는 개를 향한 감정, 바닥으로 곤두박질치다가 일순간 자세를 바꾸고는 결국 가장 큰 폭력을 행사하는 의지 등…… 세계를 의심하지 않으려는 다마리스로 하여금, 삶은 그 의심을 자꾸만 부추긴다. 마지막 문장에 다다르기까지 나의 시선은, 마치 암캐를 바라보는 다마리스처럼 다마리스를 두둔하고 연민하면서 미워했다. 이 소설의 많은 장면이 축축하다. 날씨와 공간이 다마리스의 마음을 대변하는 듯이. 나무와 덩굴로 우거진 숲은 다가가기 두려운 과거의 절벽으로 향하는 길이며, 두려움을 거두고 진흙을 밟으며 암캐를 찾아 헤매는 곳이다. 그래서 『암캐』의 독자라면 자기도 모르게 빠져들어 숲 안으로 선뜻 걸어 들어가기를 바라며 금방이라도 비가 내릴 듯한 숲을 표지로 삼았다. 숨 가쁘게 넘어가는 종이만큼 쪽 번호도 신경질적으로 내달린다.

— 디자이너 정해리

암캐
La perra

1판 1쇄 찍음 2022년 12월 31일
1판 1쇄 펴냄 2023년 1월 21일

글 필라르 킨타나
번역 최이슬기
편집 김미래
디자인 수퍼샐러드스터프

펴낸이 김태웅
펴낸곳 goat

출판등록 2016. 6. 1. 2018-000235호
주소 서울시 마포구 백범로48 2F SPINE

ISBN 979-11-89519-59-9 (03870)

goat

goat 는 종이를 별미로 삼는 염소가 차마 삼키지 못한 마지막 한 권의 책을 소개하는 마음으로, 알려지지 않은 책, 알려질 가치가 있는 책을 선별하여 펴냅니다.

jjokkpress.com jjokkpress, spineseoul